愿望成真的男孩

[英] 海伦·鲁特（Helen Rutter）著
余海伦 译

中信出版集团 | 北京

图书在版编目（CIP）数据

愿望成真的男孩 /（英）海伦·鲁特著；余海伦译
. -- 北京：中信出版社，2022.12
书名原文：The Boy Whose Wishes Came Ture
ISBN 978-7-5217-4690-7

Ⅰ.①愿… Ⅱ.①海… ②余… Ⅲ.①儿童故事－英国－现代 Ⅳ.① I561.85

中国版本图书馆 CIP 数据核字（2022）第 160179 号

愿望成真的男孩

著　　者：［英］海伦·鲁特
译　　者：余海伦
出版发行：中信出版集团股份有限公司
（北京市朝阳区惠新东街甲4号富盛大厦2座　邮编　100029）
承 印 者：北京中科印刷有限公司

开　　本：880mm × 1230mm　1/32　　印　　张：7.25　　字　　数：153千字
版　　次：2022年12月第1版　　印　　次：2022年12月第1次印刷
京权图字：01-2022-5083
书　　号：ISBN 978-7-5217-4690-7
定　　价：35.00元

献给我的妈妈

第一章

你一定要坚信自己的梦想。

——卢卡斯·贝利，山谷流浪者队的明星前锋

我昨晚梦见自己被一只大仓鼠吃掉了。

——阿奇·克拉姆

妈妈以前动不动就让我许愿。除了为那些寻常的事——吹灭蛋糕上的蜡烛、抓住空中的蒲公英绒毛球、看到彩虹——还有成千上万个许愿的理由来许愿。

如果我们同时脱口而出同一件事，那就是：

“许个愿吧！”

如果我们看到一根羽毛或一只鸟——哪怕是一只长着疥癣的独腿鸽子。

“许个愿吧，阿奇！”

甚至是一些恶心的事。

“妈妈，我的煎蛋里有一根你的头发！”

“许个愿吧，阿奇。快！”

“呃……我希望我的煎蛋里没有头发?！”

如果我们穿过桥底时，火车刚好经过；如果我不小心撞到胳膊肘；如果风把树叶吹到我的脸上；如果开始下雪了……按照我妈妈的说法，每一件事都值得许愿。

“如果你不去许愿，它就不可能实现，不是吗？”

许下这么多愿望之后，我真不知道还能许些什么了。我已经把所有常见的愿望都许了一遍：成为百万富翁，能够飞翔，许更多的愿望，拥有很酷的运动鞋……可没一个愿望能实现——我想它们永远也不会实现了，如果是我的愿望的话。

我的名字叫阿奇·克拉姆，我是一个一无是处的人。我任何事都做不好，没错，任何事。大多数人就算不擅长数学之类的东西，通常也会擅长另一样东西，比如艺术。那些成绩差得一塌糊涂的孩子常常在午餐时间奔向操场，他们要么可以跑得飞快，要么可以跳得老高，或在踢足球时每球必进。

就连班上拼写比我差的菲利克斯·拉顿也能把割草机拆开再装回去。直到他在学校展览会上获奖我们才知道他的本领。他的奖励是当一天的老师。（要我说，这听上去更像是惩罚，而不是奖励！）大家本以为菲利克斯会是一个糟糕的老师，没想到大家却度过了史上最棒的一天！他告诉我们，他家里有6台割草机，都是他从废料桶或垃圾箱里捡来的，他把它们带回家一一修好。显然，他总在留意哪里有坏掉的割草机。他甚至能通过声音辨别出它的型号。我们没有一个人知道他对割草机的热爱，直到他成为我们老师的那天。

在菲利克斯的课程结束后的第二天，我去了爸爸家。我试图把他崭新的割草机拆开，然后再装回去，想看看我是不是也有这项隐藏才能。结果我汗流浃背，周围摆满了螺丝钉和其他金属零件，我压根就不知道它们该装在哪儿。爸爸和朱莉被气得够呛。看来割草机绝对不是我的秘密天赋了。可我仍然不知道什么才是，而且我已经开始失去希望了。

老师总说，每个人都有自己的特长。但我没有。每一件事我都是垫底。我没有任何一技之长，我每门功课都很差，我不会背乘法表，我的拼写惨不忍睹，我的字看起来就像蜘蛛。上次我给妈妈画了一幅画，她以为是茶壶，其实是一艘船。我究竟为什么要画一个茶壶?! 我跑不了直线，我肯定会摔倒，更不用说好好踢球了。就连电脑游戏我也玩得很逊。

但妈妈现在已经不再叫我许愿了，因为她基本上都卧床不起。大部分时间她都在睡觉，或者是假装睡觉。我知道她什么时候在装睡，听呼吸就能听出来。我小时候也这么干过，诀窍就是要非常缓慢地呼吸。每当放学回到家，只要往门边探个脑袋，我就能看到她盖着羽绒被，眼睛闭得紧紧的。我也能看到羽绒被随着她的呼吸上下起伏，但太快了，一点儿也不像真正入睡。

我不知道她为什么要装睡，我想她可能太累了，不想说话。没关系，我只管去整理我的足球贴纸，然后去吃意大利面罐头就好了。

有时候我也会拿着意大利面罐头蜷缩在床上，掏出我的贴纸，列出我已经拥有的和想要拥有的球星名单。我喜欢那一盒盒红色的闪亮包装，我熟知球员们所有的数据和事迹，我所有的最佳励志名言都是从每一盒包装的背面学来的。这有点儿像朱莉在客厅里挂着的图片，上面写着“去生活，去微笑，去热爱”，但写得比它好。我喜欢这些名言，尤其是出自卢卡斯·贝利之口的，比如“追求你的梦想吧，它将为你指引道路”。

可如果我连自己的梦想是什么都不知道，又怎么去追求它呢？我根本不知道自己这辈子想干什么，我也不能理解为什么别的孩子竟然知道——我们才11岁呀！每个人似乎都构思好了自己的未来：冒斯想成为一名律师，玛莎想成为一名狗狗美容师，基兰想成为一名滑冰选手，大多数男孩子想成为足球运动员。

我是绝对不可能成为一名足球运动员的，所以我要紧贴着我的贴纸了——明白了吗？紧贴着贴纸！我有一大堆的双层贴纸，全校可能数我最多了。有些孩子会进行一些愚蠢至极的交易，比如用50个双层贴纸换1个闪光贴纸。但我很珍惜我的双层贴纸。我把所有卢卡斯的贴纸单独分为一堆，一共有52张。他是我最喜欢的球星。上个赛季他进了35个球，成了最佳射手。他也是在这一带长大的，还曾经在我的学校就读。学校走廊里贴满了他的照片，接待处里琳琅满目，展示着他的剪报和采访。

有时候我会对着他聊天。我知道这听上去很愚蠢，我也有点儿害怕，和贴纸说话让我看上去像个疯子，但我依然乐此不疲。如果贴纸有小耳朵，它一定对我的故事了如指掌。它一定会知道冒斯是我最好的朋友，她的球技在全校女生中当数最佳，如果她能有机会和男孩子竞技，她也会踢得比大多数男孩子出色。我们在她家的花园里练习点球，我一次也没见过她失球。她真的太厉害了。

它一定会知道“贝贝帮”是相当恶劣的，她们喜欢说每个人的坏话。它一定会知道我在今天的数学考试上作弊了，我偷看了玛莎的卷子。它也一定会知道我当时既愧疚又担心，我潦潦草草把所有答案写出来，结果满分20我得了0分。

它一定会知道9是我的幸运数字，因为那是卢卡斯球衣上的数字。有时候，当我想让一件事发生时，我会在脑海里把它重复9遍。当我想要好运时，我也会在桌子上轻敲9下。全世界也只有它知道妈妈这周才下了一次床。

她会好起来的，她说她只是需要时间。我知道她已经尽力了。去年复活节她和我约好了去斯卡伯勒度假，我们整整聊了好几周的游戏机和大海。可就在我们出发前一周，她又开始卧床不起了。她待在床上的时间越来越长，不停地说她头疼得厉害。我立刻知道度假肯定泡汤了。就在我们本应上火车的前一天，她哭着说她难受极了，我只好告诉她没关系，即使我心里觉得有关系。

有时候妈妈就是这样：她偷走了我所有的感觉，因此我什么感觉都没有了。有一次，我本应举办一个像样的生日派对，吃着爆米花，看着电影，和朋友一起过夜。我们还把房子里里外外都打扫得干干净净。可就在我去学校邀请的那天，她又开始摇摆不定，说她还没有准备好面对满屋子的人，所以我只好去了冒斯家喝我的生日茶。

她总有理由不去参加每一场学校的演出、运动会和家长会。她总是如此。但这并不是她的错，不是吗？她自己也不想这样。可为什么我有时还是会很生她的气呢？

妈妈说我不能告诉任何人她卧床的事。他们会担心个没完，然后插手干预，这是她最反感的事。如果哪天她太累了，不想和我说话，而此时我的老师不停地给她打电话，可想而知这得多糟糕。

每次去爸爸家时，他都会问我："你妈妈怎么样了？"但我知道他并不是真心问这个问题。有很多问题不是真心发问的。有时候我看到大人们在街上擦肩而过，相互道声"嗨，你好吗？"——这也不是真心的问题，却不肯停下脚步听一句回答。既然如此，又何必去问呢？爸爸也不例外。他并不在意真正的答案，所以我总是回答："老样子。"

这似乎让他很满意。我不想撒谎，我说的基本属实，但又不完全属实。我讨厌撒谎。我爸爸是个"骗子"。在我7岁那年，他撒了个天大的谎。我听到他和妈妈在厨房里大吵大闹，于是我下楼去看，他告诉我别担心。

"一切都会好起来的，阿奇。"他说。

然而并没有。他们在厨房里吵了好几个月，直到有一天他离开了。后来他娶了朱莉，一个皮肤光滑、戴着吊坠耳环的女人。再后来他们有了我妹妹斯卡奇，显然他爱她胜过爱我。正是从这个时候起，妈妈的健康开始恶化，必须卧床休息。一年前她失去了工作，所以现在她更没有起床的理由了。

一切都没有“好”起来。我已经不再相信他说的任何话了。

我每隔一周就去一次爸爸和朱莉家。我很喜欢上那儿去，因为我可以见到斯卡奇，尽管她被宠坏了，想要什么就能得到什么，但她总能逗得我哈哈大笑。她今年3岁，她其实叫斯佳丽，但我叫她斯卡奇，朱莉很讨厌这个名字。

“阿奇，别那么叫她。听上去像个小脏孩儿似的。”

但是斯卡奇很喜欢。每当朱莉斥责我时，她就会唱：“斯卡奇，斯卡奇，斯卡噗！”然后用舌头发出放屁的声音。

“瞎开心！”朱莉总说，我和斯卡奇就放声大笑起来，然后继续唱斯卡奇之歌。

斯卡奇对独角兽情有独钟，她的卧室里到处都摆满了独角兽，还充满冰冻果子露的味道。朱莉给她穿上有褶边的白色裙子，每次只让她玩一个玩具。

今天又是去爸爸家过周末的日子。在我到达之后，我带斯卡奇去了一个美不胜收的后花园，那里的每一片草地看上去都像用美发剪刀修剪过一样，我还教她踢足球。她是世界上唯一一个我能击败的人。但她相当乐在其中，每次踢球的时候都要大声尖叫。

一旦她兴奋过头了，她就会尖叫着手舞足蹈，然后被球绊得摔一跤，弄得裙子上全是泥巴。当然，我就麻烦大了。

“看看你自己到底什么样子，斯佳丽·罗斯！真是谢谢你了，阿奇，非常感谢！”朱莉怒气冲冲地说，“赶紧去换衣服，找点儿干净的事做。”

斯卡奇上楼去换衣服，顺便去拿独角兽棋盘游戏和我一起玩，爸爸进了厨房。只剩下我和朱莉两个人了。

实际上我长得很瘦小，但在他们家里我显得很巨大。我总会不小心把东西撞翻，把饮料洒一地，最后我总要一通手忙脚乱，设法把一切恢复得完美如初。目前为止，这个周末我还没有打碎或撞倒任何东西，但时间还早。

朱莉似乎并不喜欢我的到访，她总是一副很不自在的模样。如果我们单独待在一个房间里，她就会发出一种似笑非笑的叹气声，就像她现在这样。

“咳。”

我不知道那是什么意思，只觉得奇怪。我是不是也要发出同样的声音回应她？或者要说点儿什么？或者干脆在随之而来诡异的沉默中呆坐着？

在一阵尴尬的吸气和呼气声后，我说了脑子里蹦出来的第一句话。

“为什么你的沙发这么香？”

朱莉的整张脸都被点亮了。

“我把柔顺剂和水各一半混合起来，装在一个小喷瓶里。你看！”她从抽屉里拿出一个漂亮的玻璃瓶，问我要不要“喷一下”。

我拿起瓶子。它的形状像一朵云，由美丽净透的玻璃制成，蓝色的旋涡从瓶身穿过。它看上去像是用来装昂贵的香水的，而不是沙发喷雾。我小心翼翼地捧着它，一边感受着手中瓶子的形状，一边盯着玻璃上的图案，然后喷了一下。

“柔顺剂叫作‘夏日微风’，这是我最喜欢的味道。”她说着，闭上眼睛深深地吸了一口气。她看上去很开心，似乎松了一口气，因为我们终于找到可以谈论的话题了。

我坐在那儿一边闻着夏日微风，一边想朱莉到底见过多少个11岁的男孩。我猜应该不多。

下次去采购食物时，我一定要去找找夏日微风柔顺剂，这样我们家的沙发就可以像朱莉家的一样好闻了，尽管价格可能会很贵。我曾试图打扫我们家的房子，努力让它变得干净铿亮，但总以失败告终。地毯上有我洒出来的西红柿汤的污渍，无论怎么清理，仍旧散发出一股恶心的味道。

当我在家时，我是闻不到任何臭味的，只有当我外出回来后才会注意到。不知道为什么会这样。或许是因为我已经习惯了这股腐臭味，我的大脑把它自动屏蔽掉了，就像变魔术一样。

我让斯卡奇在她的新游戏中赢了我三次，随后朱莉叫我们去吃午饭。餐桌上摆放着配套的盘子，刀叉柄上点缀着红色波点。斯卡奇正在喋喋不休地说她是如何战胜我的。

“阿奇秃，下次你来的时候，我一定会一次又一次地打败你！”她咯咯地笑着说。

我真希望我从来没有告诉过她，那些叫阿奇的人实际上叫阿奇秃。从那以后，她就不停地这么叫我。爸爸也笑了。但接着他清了清嗓子，严肃的脸拉得老长，我知道大事不妙了。

“说到下次，阿奇……”他停顿了一下，吃了几口面，“恐怕我们要重新安排下下个周末了。”

我知道“重新安排”意味着什么——它意味着“取消”。爸爸总是“重新安排”我们的周末。他哧溜一声吸入吊在半空中的面条，连看都不看我一眼。

“朱莉的朋友邀请我们周末去威尔士度假，还把房车借给我们，我们实在盛情难却。”

朱莉又发出了她那奇怪的声音——“咳”，我们都很不自在地坐在那儿，就连斯卡奇也安静下来，只剩刀叉碰到盘子时的叮当作响。

接着我问了一个问题，声音比我料想的更刺耳、更不自然：“我也能去吗？”

“当然！”斯卡奇大喊道，一下把她的勺子丢进碗里。

“我想要阿奇秃也来！这样我就能带上我的游戏，一次又一次地打败他！”

爸爸眨了眨眼，然后揉了揉她的头发。

“他不能来，亲爱的。”他假装在跟斯卡奇说话，但我知道他其实在跟我说，“我们都很想让他来，但房车实在太小了，他现在已经是个大小伙子了。我想他肯定不愿意整个周末都和我们挤在一起的！”

事实是，我很乐意挤在一起。正当我要说出口时，我不小心把碗里的叉子碰掉了，叉子飞向闪闪发光的白色瓷砖。朱莉吸了一口气，发出轻微的惊叫声，赶忙飞奔过去清理。

“看吧，斯佳丽，让阿奇待在房车就是不行的！”爸爸轻声笑了笑，也揉了揉我的头发，仿佛问题已经解决了。

“那，我可以改在下周末过来吗？”我问道。爸爸瞥了一眼朱莉。

“唔，下周末是斯佳丽的生日……”他慢吞吞地说。

“求求你了！”斯卡奇乞求道。

“呃……”

“求求你了！”

爸爸又看了看朱莉。她耸了耸肩，微微点了点头。

“当然可以了。这是个好主意！”爸爸兴高采烈地说，但给人感觉他根本不这么认为。没一会儿朱莉又发出了似笑非笑的叹气声。

“咳。”

刹那间，我想逃离这座房子，逃离它那光鲜亮丽的表面和甜美芬芳的气息。我希望赶紧到四点钟，这样我就可以骑车去冒斯家喝茶了。

我不忍去想我在爸爸家里并不受欢迎的事实。我告诉自己，这些都是我的想法，他们不是故意让我有这种感觉的。我只关注斯卡奇有多喜欢我，我们玩得有多开心。可是，当我看到爸爸和朱莉那样对视——一想到要连着两个周末和我打交道，他们眼中的恐慌——时，我就知道这里永远不可能像我的家。

但问题是，我真正的家也不像一个家。但凡像样点儿的家是不会有难闻的气味，也不会有人一直躺在床上假装睡觉的，不是吗？所以我也不知道自己的家在哪儿了。

第二章

即使跌到谷底，我们仍然可以仰望星空。

——卢卡斯·贝利

我家天花板上的夜光星星几年前就不亮了，所以我现在只能仰望塑料了。

——阿奇·克拉姆

整个下午我都躲在我的房间里。所谓“我的房间”指的是我在爸爸这里睡觉的一间空房。

房间被涂成了白色，角落里放着一辆健身自行车、一个巨大的健身球（我经常坐在上面弹来弹去），墙上挂着大面的镜子，还有一幅闪闪发光的巨型粉色图画镶在银色相框里，上面写着：

下定决心成为一个全力以赴的女孩吧。

这幅画让我感觉更糟了。

我躺在床上，看着这些闪烁的文字，心想爸爸和朱莉或许不曾考虑过，把这幅画挂在11岁男孩房间里是否合适。很久以前他们说过要带我去买一床羽绒被和一些海报，好让这里更像我的房间，但后来就再也没有下文了。无论谁都能一眼看出来这绝对不会是我的房间。有时候朱莉不小心把它叫成了“健身房”，然后不得不迅速纠正自己。

“亲爱的，你上楼的时候能不能拿一下健身房的吸尘器……我是说，阿奇房间的吸尘器？”

在这里躺了十分钟后，我再也看不下去那幅愚蠢的画了。我起身把它从墙上拿下来。当它从钩子上脱落下来时，竟比我想象的要重，它一下朝我滑过来。我感到手指一松，还没来得及抓稳，画就掉到了地上。

我几乎不忍直视。我跪在厚厚的地毯上，心想有没有可能它没被摔坏。

我慢慢地从相框底下偷看，然后发现了它——一道长长的裂缝，从顶部裂到了底部。我不可能去告诉朱莉和爸爸我干的好事，所以我把它靠着墙壁支起来，再用健身球把它卡住，然后祈祷朱莉这几天都别过来健身。不过至少我不用再去看那幅愚蠢的画了！

我提前了一个小时去冒斯家——她不会介意的，而爸爸和朱莉甚至不会察觉。或许他们看到我离开还挺高兴的。

我每周日都会去冒斯家喝茶。我们一起看周六比赛的回放，对着屏幕大喊大叫，这令我乐不可支。我曾经也和爸爸一起看球赛，但朱莉很不乐意，所以只能宣告结束了。

冒斯的家跟爸爸和朱莉的家完全相反。她家里每个角落都摆得满满当当的，全是些很讲究的东西，不像我家里只有空盒子和乱七八糟的玩意儿。她的架子上摆满了照片、雪景水晶球和她在学校做的手工艺品；她的冰箱上贴满了磁铁和图画；她的宠物太多了，以至于地板上还布满了豚鼠窝和小狗床。

我最喜欢的是一只患有白化病的小沙鼠弗朗普。每次我去她家时，我都会让弗朗普坐在我的膝盖上，它要么钻进我的口袋里，要么爬到我的袖子上。我真希望妈妈也能让我养一只宠物。我想要的仅仅是一只像弗朗普一样的沙鼠，可妈妈却说："不可以让啮齿动物把家里弄得臭烘烘的，它们身上满是病菌。"有时候我怀疑她甚至都不会注意到。我可以养一只在我的房间里，她已经有好几个月没有进来过了。

冒斯家总共有23只动物，包括鱼。冒斯说它们都是她毛茸茸的兄弟姐妹。她的家给人一种充实感。收音机总是开着，她的爸爸妈妈经常在聊天、唱歌或吹口哨。她的妈妈佐伊喜欢瑜伽和冥想。今晚来到她家时，我听到她的妈妈在客厅里发出奇怪的声音。

"她在做什么？"我一边听着门外传来的怪声，一边悄悄问冒斯。

"咏唱。"冒斯说。

"为什么？"我问。

“她思考完一些问题后，会向宇宙传递‘积极的信息’。她说如果你把正能量传出去，就会把正能量收回来。”

“那负能量呢？”我说。

她耸耸肩：“同样吧，我猜。”

我一下感到背脊发凉。

这是否意味着我之所以得不到好报，是因为我向宇宙传递了负能量呢？如果我把正能量传递到宇宙，是否就可以被邀请进房车了呢？

冒斯带我到厨房，给我们做南瓜饮料。我听着佐伊咏唱，看着南瓜汁和水混合在一起，感到自己进入了“阿奇乐园”。我小时候经常走神儿，爸爸和妈妈就会这么说：

呼叫阿奇。地球呼叫阿奇乐园。

你在阿奇乐园玩得开心吗？有没有给我们寄明信片呀？

最近我在阿奇乐园待了很长时间。

上周当我游完泳准备换衣服时，我进入了阿奇乐园。其他人都去坐小巴士了，我甚至都没有发觉。我慢慢地解开泳裤的抽绳，再把它系上。20分钟后，马瑟夫人怒气冲冲地冲进更衣室。我还穿着泳裤坐在那儿，不停地把绳子绑了又解，解了又绑。

“你到底在干什么？”马瑟夫人说。

“穿衣服？”

“阿奇，课早就上完了。小巴士在等着呢，大家都已经上车了。”

我耸耸肩，她叹了口气说："快走吧，慢性子。"

我只好裹着浴巾上了小巴士。这让"贝贝帮"乐疯了。

光溜溜，克拉姆，
穿衣服要靠父母。
克拉姆，傻乎乎，
露出他的大屁股！

这首歌整整循环了一周。

阿奇乐园确实会惹怒一些人，比如马瑟夫人，但有些人反而觉得很有趣。佐伊总想知道我"神游"时在想什么。

"你是不是在想象着一个乐园，里面有动物之类的东西？"有一次我们坐下来吃饭时她问道。当时我叉起一根意大利面在空中飞舞了十分钟，他们都看着我，咯咯地笑。

"也算不上。我并没有想什么特定的东西，那里就像一个空荡荡的地方。"

"佛教僧侣能让自己进入这样的深度冥想状态，但大多数人却做不到。这太不可思议了，阿奇。但你必须学会控制它，以防自己惹上麻烦。因为你跟僧侣不同，你还得去上学。"

我喜欢佐伊。她穿着长裙，还常常戴着园艺手套。她对我的事了如指掌，而且总在冰箱里放着最美味的果汁，里面还有果肉，喝上一口仿佛在度假。

在我小时候，妈妈和佐伊曾一度是好朋友。在健康状况恶化之后，妈妈开始给人们发送信息，叫他们不要打扰她。我之所以知道，是因为我在给她手机充电时看到了一条信息，里面有一句不堪入耳的脏话。一段时间后，人们放弃尝试了。我想，被人在短信中恶言相向这么多次，已经够了。但佐伊仍然没有放弃。她时不时会让我带个信或试图打电话。但妈妈已经不再接她的电话了。

当我从阿奇乐园回过神来时，冒斯的爸爸已经进了厨房，开始做起了香喷喷的饭菜。收音机开着，他随音乐吹起了口哨。我家里总是静悄悄的，连放歌的收音机都没有。我偶尔会在沏茶的时候把电视打开，让家里稍显热闹一点儿。但不知为何，这反而让屋里显得更冷清了。有一次在做吐司时，我试图哼上一曲，可听上去像在鬼哭狼嚎。我羞得面红耳赤，生怕被人听到，最后只好停了下来。

佐伊走过来，揉了揉我和冒斯的头发。冒斯的爸爸看着我们，假装一副被冷落的模样，低下了他光秃秃的脑袋。佐伊也假装揉了揉他那不存在的头发，他们都哈哈笑了起来。晚餐是美味的牧羊人馅饼，饭后我和冒斯看了比赛——山谷流浪者队以3比0获胜！然后我就该回家了。佐伊把剩下的馅饼装进盘子里给我。“这样你妈妈就可以少做一顿饭了。”她说，犹豫了一分钟后，“代我向她问好，好吗？告诉她可以随时给我打电话，我很想和她叙叙旧！”我点点头，接过馅饼，心里清楚妈妈是不会拿起电话的。

我踏进外面的寒风里，冒斯大声说：“别忘了明天的数学考试！”

她挥手道别，然后关上了门。透过结霜的玻璃，我依稀看到她爸爸和妈妈仍在谈笑风生。我把数学考试全忘在了脑后。

每个周日晚上我都不想回家。我感到如此温暖和充实，我不想再回到自己家里，尤其是今晚。昨天我离开时，妈妈的状态非常糟糕。她满脸通红，泪迹斑驳，我说再见的时候她连理都没理我。我很想知道，难道以后只要一回家就会有这种感觉吗?

这时我想起了冒斯说过的话，向宇宙传递积极的信息，把正能量传出去，就会把正能量收回来。

我试着去积极地思考，但这比登天还难。到底要怎样才能向宇宙传递信息？我脑子里不断蹦出来的都是夏日微风柔顺剂。我决定还是顺其自然吧。于是我站在冷冰冰的空气中，紧紧抓着温暖的馅饼，然后闭上眼睛，想着柔顺剂。我几乎能闻到它的香味，我想象着我的思绪飘向天空。

如果我可以有一瓶夏日微风，也许就能让家里的一切都变得光鲜亮丽、香气扑鼻，我还可以把牧羊人馅饼放进烤箱里，然后打开电视机，这样我就不会那么孤独了。

以上就是我今天能想到的最积极的信息了。我把它传递到宇宙，然后跳上我的自行车。

我骑上鹅卵石小路，避开所有大石头，努力让车把上的馅饼保持平衡。突然车轮轧到一个隐蔽的坑，一切都变成了慢动作，馅饼飞到了空中，我跟着它飞过了车把手。我看到盘子在我面前的地上摔成了两半。有那么一瞬间，我感到悲从中来，不知该如何告诉佐伊我打碎了她的盘子。但很快我便一头砸向地面，眼前一片漆黑。

第三章

昨天已成历史，明天仍是未知，今天才是做出改变的最佳时日。

——卢卡斯·贝利

我连今天是什么日子都不知道?!

——阿奇·克拉姆

当我醒过来时，我感到脸上热乎乎的。我试图睁开眼睛，但眼前一片模糊。我恐慌极了，过了好一会儿才意识到是馅饼盖在了我的脸上。

我坐起来擦了擦脸，发现身旁站了个人。

一开始蒙蒙眬眬，但随后我的视线聚焦在了红白条纹上。这应该是某个球队的队服。我使劲眨了眨眼，清晰地看到了“山谷流浪者队”。再往下一看，是两条肌肉发达的黑色的腿，脚上穿着一双标志性的颜色不一的鞋子。这不可能。我又使劲眨了眨眼，揉了揉疼痛的头，然后往上一看，他的笑脸映入眼帘。我看到了一个除贴纸之外，我从未想过会看到的人。

卢卡斯·贝利。

他穿着全套球服，笑盈盈地弯下腰来，向我伸出一只手。是真正的卢卡斯·贝利！这简直不可能！这绝对不可能是真的。

“这看起来很好吃呀！”真正的卢卡斯·贝利指了指地上的馅饼说。他抓住我的手把我拉起来。

“别客气，请随便吃。”我说，“不过还是在盘子里更美味！”

他大笑起来：“摔得可真狠呀，伙计。你没事吧？”

“没事。”我一边说着，一边尽可能地把土豆从眼皮上刮下来，地面一片狼藉。“但这个盘子就未必了，而且还不是我的。”我补充道，同时捡起了那两块碎片。

“我很欣赏这点！”他轻声笑道，“比起自己的脑袋，更担心盘子！”

他和我想象中的一模一样，就好像他从我的脑海中走出来，站到了人行道上。

我目不转睛地盯了他几秒钟，然后问：“你怎么会在这里？”

“我在这一带长大的呀，不是吗？”他指了指路的尽头，仿佛他在周日晚上穿着球服在附近闲逛是再正常不过的事，“好了，这盘馅饼算是报废了。我送你回去吧，免得你路上晕倒。”

我们沿着小路往前走，我推着我的自行车，他捧着碎掉的盘子。我再次盯着他。他离我这么近，近到触手可及。这一定不是真的吧？我准是把脑袋摔糊涂了。或许等我醒来之后，我会躺在医院里，头上缠着绷带，而这一切都只是一场梦。

但我立刻把这个想法抛到脑后，因为我想更多地享受这一刻，我太希望这是真的了。我们一路在鹅卵石上走着，他的鞋钉踩在石头上咔嗒咔嗒地响。我们沉默了一会儿，但不是那种尴尬的沉默，不需要用一种似笑非笑的叹气声来填补，而是让人感到轻松自在。沉默可以被某种无形的东西填补，给人带来不一样的感觉，这真是太奇怪了，不是吗？虽然都是沉默，为什么这两种沉默会让人感到如此截然不同呢？

我们穿过马路，我瞥见房屋上方山谷体育馆的一角，说：“你昨天踢得太棒了，第二个进球简直精彩绝伦。”

“啊，谢了，伙计。你踢足球吗？”

“踢，但我球技太烂了，没法入选足球队。”

“你没有入选足球队，当然会踢得烂了！你必须踢球才会变得球技精湛。但他们只挑选学校里最优秀的球员，这真让我头疼。每个人都能享受踢球的乐趣，因此他们应该让每个人都参与进来。”

“可不是！他们总是固定一支队伍。我最好的朋友冒斯算得上是全校最厉害的球员之一，但她没有被选中，因为她是个女孩。”

“伙计，这太糟糕了。告诉她坚持下去，而你也要坚持下去，兄弟，无论有多艰难。”

不知道为什么，我把所有事——那些我只敢告诉他的贴纸的事——一股脑儿地告诉了他，而他只是倾听着。当我们经过守护精灵之屋时，我告诉他妈妈不再在洗澡时唱歌，也不再在客厅里跳尊巴舞；当我们走到邮筒前，我告诉他“贝贝帮”的头目贝拉的事，她叫我流浪汉，因为我的校服太小，而我没钱买一套新的；当我们走过超市时，我告诉他我爸爸要开房车去威尔士旅游，当我问我能不能去时，他告诉我车上没有我的容身之地了，这就像爸爸给我的感觉，仿佛他的新生活里没有我的容身之地了。待我们来到我家前门时，卢卡斯·贝利已经知晓我人生的全部故事了。

他停下脚步，看着我。

“伙计，”他温和地说，“我想你需要一点儿帮助。”

“我知道，”我说，“但妈妈不想让任何人——”我还没来得及解释她已经和所有朋友断交，既不愿意去看医生，也不愿意和老师或任何人交谈，卢卡斯就打断了我的话。

“不是那种帮助。”

他坐在马路牙子上，拍了拍身边的石砖。我也坐了下来。

“有时候，人们只是需要一点儿运气，让他们看到一切皆有可能。给他们一线希望，这样他们才有力量去改变他们的处境。”

“我绝对需要点儿好运了！”

“那你就拿去吧。”

“什么意思？”

他面带笑容地看着我：“你知道吗？我过去常常从我房间的窗户往外眺望，看着在夜色中灯火通明的体育馆。有很长一段时间，我都无法想象自己会在那里踢球。我太瘦小，太调皮了，没有人认为我可以做到这一点。直到我开始相信自己，真正想象自己在球场上的样子，情况才开始有所改变。”他用他那和蔼可亲的面孔看向我。“阿奇·克拉姆，你的幸运数字是多少？”

“9。”我毫不犹豫地说。他点点头，然后转过身来，指了指他球服上的数字9。

“很好。当你明天醒来时，你可以实现9个愿望。孩子，不多不少。不能做许愿实现更多愿望之类的傻事。你所要做的就是想象你想实现的愿望，然后大声说出来。但如果你想象不出来，那么愿望就不可能成真。”

我冲他眨了眨眼：“你在开玩笑吗？”

卢卡斯摇摇头：“不。你可以许愿得到任何你想要的东西，但有一个至关重要的规则，你不能许愿改变人的本性。也就是说，你不能许愿让人变得更快乐、更善良或更勇敢。你必须更明确、更聪明一点儿，阿奇。”

“要是能有这么简单就好了！”我低头看着我的鞋子，回想起了那些我许下却从未实现过的愿望。

“如果你没有愿望，它就不可能实现，不是吗？”他眼带笑意地说。

“我妈妈以前也这么说过！”

但当我转过头去看他时，他已经不见了踪影。我独自一人待在人行道上，把打碎的盘子搁在我的膝盖上。我把手伸向额头，摸到一个巨大的肿块。我突然感到筋疲力尽。我知道自己看上去肯定很奇怪，一个人坐在黑暗的人行道上，身上沾满了肉汁和土豆泥。天空开始下起了雨。我支起伤痕累累、疼痛不堪的身体，从马路牙子上站起来，找到了我的钥匙。

正当我准备开门时，我停下来，想象着在门的另一边，妈妈像往常一样在厨房给我做奶酪意大利面，或在看我们最喜欢的智力竞赛节目。我想象着在我进门时，她抬起头对我露出微笑，房子里暖洋洋、亮堂堂的，空气中弥漫着奶酪的香味。

我真希望这是真的。

但我没有说出来。我想再多的魔法也不会让它变成现实。所以我只好踏进了冷冰冰、黑漆漆的房子里。

第四章

你比你想象中的要更勇敢。

——卢卡斯·贝利

你真该听听我光脚踩到鼻涕虫时的尖叫。

——阿奇·克拉姆

第二天早上醒来，世界似乎发生了变化。阳光好像更灿烂了，我的足球闹钟发出的哔哔声好像比平时更响亮了。

我翻过身，按下了稍后提醒按钮，无意间看到了床头柜上卢卡斯·贝利的双层贴纸。我不记得什么时候把它们放在那儿了。我把它们拿起来，突然从闪亮的贴纸上传来静电般的触感。我一下把它们扔到羽绒被上，贴纸散落一床。他的眼一次又一次地从床上注视着我。我猛然想起了昨晚发生的事，他的话仿佛还在耳畔回响：有时候，人们只是需要一点儿运气，让他们看到一切皆有可能。

我举起其中一张贴纸："哈！我准是把脑袋撞糊涂了才看到活生生的你！"

我再次听到了他的声音，这次在我脑海里更加清晰了。

很好。当你明天醒来时，你可以实现9个愿望。孩子，不多不少。

这次听得清清楚楚，仿佛他就在我的房间里。

你所要做的就是想象你想实现的愿望，然后大声说出来。

我凝视着他的脸，摇了摇头。

“这不可能是真的。”我对他说。我把所有贴纸收集起来，垒成一堆。他似乎依然目不转睛地看着我，等待着我采取行动。

我看到数学课本从我的书包里探出一角，立刻感到一阵不适。数学考试。我打开课本，看看我是否能理解要复习的功课。但里面的内容堪比天书。

我对数学实在是深恶痛绝。要是马瑟夫人点我起来回答问题，甚至是走到我身后看我做题，我都会心跳加速，脖子发热。

考试绝对是最糟糕的，垫底的总是我。上周马瑟夫人把批改好的试卷发下来时，我想把卷子藏起来，但贝拉一把抢走了它，然后狂笑不止：“可怜的小阿奇，连加法都不会。这辈子别指望能买到一条合身的裤子啦！”

贝拉和贝尔，又叫作“贝贝帮”，自入学开始就一直在扰乱我们的生活。贝拉是领头，贝尔是她的小跟班。她们都有一头漂亮的金发，在不穿校服的时候总是穿着同样的衣服。要我说，这多少有点儿怪异——也许在你5岁的时候，穿同样的衣服可能会让你兴致盎然，但当你到了11岁，你能肯定这种兴致不会消磨殆尽吗？一些女孩子会试图跟她们搞好关系，以求自己不会被欺负。但你常常会看到某个可怜的女孩子在操场的角落里抹眼泪，只因为她被踢出了“贝贝帮”——真是残忍。

她们真正开始找我麻烦是在她们发现我妈妈丢了工作之后。妈妈曾经在贝拉爸爸的建筑公司工作，负责发送电子邮件和接听电话。在斯卡奇出生后，她悲痛欲绝，好几天没去上班。虽然公司给了她警告，她自己也努力振作起来，但总归没撑多久。一年前，他们解雇了她。这对妈妈来说更是雪上加霜。

贝拉的爸爸准是把这事儿告诉了贝拉。我有时会想象他们一家在桌旁吃着烤肉，谈论着我们的场景。从那时起，“贝贝帮”就叫我和妈妈懒鬼。

我试着去思考我今天真正想做的事，而不是考试不及格，被贝拉和贝尔嘲笑。我很好奇卢卡斯·贝利会做些什么。我回想起曾经看过的一篇对他的采访，他也被问到了这个问题。

我一跃而起，在一堆旧英超杂志里东翻西找。杂志是冒斯看完后再给我的，她说她家里塞得太满了，她希望自己的房间能空阔整齐些。我想每个人都想拥有自己没有的东西吧。

我找到了那本杂志，翻到了采访内容。他就在那里，腋下夹着一个足球，对着我微笑。在“你最理想的休息日是什么样的？”这个问题旁边，有一个大大的对话框，上面写着“我会躺在床上，点一份比萨外卖，用Xbox游戏机玩一整天的国际足联游戏！”

“可我没有Xbox游戏机！”我对着照片说，里面的卢卡斯凝视着我，“而且我也没钱点比萨外卖！”我合上杂志，看到数学课本待在那儿，仿佛在嘲笑我。“好吧，卢卡斯，我来向你证明愿望是不可能实现的。”

我闭上眼睛，想象着自己躺在床上玩Xbox游戏机，周围全是比萨盒子。然后我真的这么做了，我向宇宙大声喊出我的愿望。

“我希望我能躺在床上，吃着比萨，用Xbox游戏机玩一整天的国际足联游戏。”

我坐在床上，等待着奇迹发生。但过了五分钟，什么都没有。垃圾车开始在外面哔哔作响，我能听到清洁工的喊叫声和带轮垃圾桶盖的碰撞声。我叹了口气——垃圾桶是不会发生奇迹的。

我拿起一张卢卡斯的贴纸，对他说：“我知道这等好事不可能是真的，你仍然是史上最伟大的足球运动员，所以不用太担心。”我提起我那紧绷绷的裤子，把一张卢卡斯贴纸塞进口袋里，以求好运，然后走下楼。

正当我要出门时，楼上传来了妈妈有气无力的声音。

“阿奇？”

有时我觉得妈妈是故意用那种虚弱、困倦的声音说话，这样我心里就不会有别的想法，以为她会好起来，可以开始下厨做饭或重新出门购物。我不傻，就算她用正常的声音说话，我也不会指望她能轻快地下楼或跳上一支舞。

“怎么了？”我大声回答道。

“亲爱的，我刚刚收到学校发来的信息，今天不上课。”

我愣住了，把背包扔到地上，从口袋里拿出卢卡斯的贴纸，直盯盯地看着他的眼睛：“不会吧?！”

我一口气跑上楼，冲进妈妈的房间。她对我露出了微笑。

“还好我看了看手机，你说是吗？我一般都不会把这玩意儿打开的！显然，学校的锅炉坏了，所以今天不用上学。你太幸运了！”

“是啊，挺幸运的。”我努力压制住肚子里的兴奋之情，“要喝杯茶吗？”

“噢，可以来一杯。我还忘了说，隔壁那户给你留了一箱东西。那位女士养了一只爱叫唤的狗，你认识她吗？”

“什么东西？”我问。

“不知道。昨天她来敲门，可我在睡觉。”

假装睡觉吧，我想。

“她把东西放在门外了。”

我急忙跑下楼，还有几步之遥时差点儿摔了个跟头。我看到一个纸箱子放在门边，上面别着一张纸条。

亲爱的阿奇：

我想这些东西对你来说或许派得上用场。

詹姆斯已经去上大学了（我真的很想他！），他说他已经用不着了。很抱歉，我该早点儿把它们送来的，只是我最近才腾出时间来整理他的东西。

希望你和你妈妈一切安好。

如有什么需要，请尽管来敲门。

罗斯玛丽（12号）

深吸了一口气后，我揭开了盖子。里面装着一大堆乱七八糟的东西，在一些杂耍棒底下有一个遥控机器人和一些棋盘游戏。我顿时大失所望，或许是我想错了。

但下一秒奇迹发生了。在一本关于太阳系的书下面，它就在那里，一个破旧不堪的盒子，两边用棕色胶带缠绕着，顶上写着Xbox。我打开盖子，看到游戏机上有一个信封，里面装的正是国际足联游戏。

我把卢卡斯贴纸从我的口袋里掏出来："我要收回刚刚的话，你简直太神奇了！"我激动得不能自已，抱着Xbox游戏机走来走去，像个白痴一样咧着嘴傻笑，直到脸都笑痛了，我才意识到得找个人聊聊。

"冒斯！"她一接电话，我就马上开口说，"你能过来一趟吗?！"

"来不了啦，妈妈让我去超市呢。真是浪费了这一天的假。"

"我得跟你见个面，有件稀奇的事发生了。"

“你干什么了，阿奇？赶紧说，妈妈在叫我了。”

“反正整件事都有点儿怪异，”我说，“我不知道这是不是真的，但今天发生的事让我觉得是真的。如果这是真的，那么我还剩下8个愿望。”

“你在说些什么呢?！”

随后传来一阵沙沙声。

“嗨，阿奇。”佐伊说，“恐怕贾斯敏今天都要陪我了。我们正准备出门，明天你们俩再见面吧，到时你再找她接着聊。坦白说，我都不知道你们俩还有什么好聊的，你们见面的频率这么高。”

“但我真的要跟她说一件事。”

一阵停顿。“你没事吧，阿奇？”她说，听上去很担心。

“没事。”我说。

“你妈妈还好吧？她在吗？我想和她聊两句，好久没说上话了。”

“她很好，”我说，“我们很好。她在洗澡呢。”我撒了谎，感觉糟透了，“但我真的要跟冒斯说两句。”

“既然你没事，你妈妈也没事，那就把话留到明天说吧，阿奇·克拉姆。否则我就没法把她带出门啦，你说是不？”冒斯在电话那头抗议，我知道佐伊是不会让步的。她严格起来可是很严格的。

挂了电话之后，我又来回踱步了一会儿，不知道该如何是好。我看了看卢卡斯的贴纸和Xbox。“好吧，那我就照你说的做好了。”

在给妈妈端茶时，我问道：“妈妈，我可以把电视机搬到我的房间吗？就今天而已。”

“我看没什么不可以的。”她说，“反正我也不太舒服，你自个儿玩得开心就行。”

“谢谢妈妈。”说完我便蹦蹦跳跳地跑下楼。

要凭一己之力把电视机搬上楼可不是件轻松的事。它挡在我面前，让我看不清前方的路，而且家里的楼梯又像梯子一样陡峭。我不停地想着自己会失去平衡，往后栽倒。我不知道房间里的电线都该往哪儿接。我从来没有自己的电脑。斯卡奇才3岁，但她已经拥有了一台电脑，虽然里面只装了一些愚蠢的游戏，尽是些独角兽和卡通人物。这又是一件令妈妈感到愧疚的事。她现在没有了工作，虽说以前家里也不算富裕，但现在更是捉襟见肘。因为她失业在家，每周可以领到一点儿补贴。但也只够买吃的，而不是买电脑。

去年圣诞节和生日我都想要一台游戏机作为礼物，但妈妈说她买不起，所以我只好买了辆自行车——因为她发现它在被廉价出售。别误会，我还是很喜欢这辆自行车的，尽管它太大了点儿，不仅布满了锈迹和凹痕，上面还写了个名字“杰克”。但在当时我还是感到超级失望。

我和冒斯现在管我的自行车叫“杰克”。

“你是走路来还是骑杰克来？”

“我骑杰克来，5分钟后到。”

在玩了整整3个小时的国际足联游戏后，我已经学会了如何传球和射门，我玩得尽兴极了。每个进球都各不相同，这让我很是着迷，我能想象自己在现实生活中进球的样子。把球传入禁区，再把球踢过守门员的头顶，射入网内。每进一个球，我的庆祝就愈加疯狂。我把泰迪熊扔到空中，把T恤衫捂在脸上，在床上大喊着、欢呼着、跳跃着。这是我第一次真正想象到擅长踢足球是什么感觉。

我正准备再玩一局，忽然听到有人在大声敲门。我放下游戏机跑下楼。一打开门我就想起了刚刚许过的愿望。一个高高瘦瘦的男孩站在门外，身上穿着红夹克，手里拿着四个大大的比萨盒子。

“是詹金斯先生吗？”他不耐烦地问。

“不是。”我回答，“这里没有詹金斯先生。”

高个子男孩不悦地大叹一口气，把他的手机掏出来：“这里是普罗维登斯路16号吗？”

“是的。”

“哦，一个叫詹金斯的先生订了比萨送到这个地址。”

“那现在怎么办？”我问。

“不知道。”他说，“吃了它？”说着他把盒子往我怀里一塞，然后跳回到他的轻便摩托车上呼啸而去。

“妈妈，午餐吃比萨吧？”我一边问，一边在她房间门口探头探脑地看，她要么睡着了，要么就是在装睡。“这是免费的！”我小声地说，然后把一盒比萨放在她床边的地板上。

在这一天结束之际，我不停打着意大利香肠味的嗝，不仅吃比萨吃到恶心发腻，还打游戏打到头疼欲裂。谁能想到，坐在床上玩电子游戏和吃完两个大号比萨竟会如此累人？我把卢卡斯贴纸从口袋里拿出来，摇了摇头。

“下次我一定不会许跟食物有关的任何愿望了。”当我低头看向贴纸时，我敢说他的眼睛在看着我大笑。

下一个愿望我该许什么呢？我试着想了想，再次回忆起了卢卡斯的话。

你不能许愿改变人的本性。

你必须更明确、更聪明一点儿，阿奇。

我最大的愿望就是妈妈能开心一点儿，但我不能许这个愿望。那钱呢？我可以许愿获得取之不尽、用之不竭的钱，这样我和妈妈就能买一栋大房子，一起享受美好的假期，我们还能拥有自己的保龄球馆。可是倘若她连接电话的力气都没有，她又怎么去买新房子，去迪士尼乐园玩呢?！再多的钱都无法让她下床来。而且，一个11岁的孩子揣着几千英镑到处溜达，这太惹人怀疑了。我可不想到头来还得向警察解释这一切：“是因为我的愿望实现了，真的，先生！”正如卢卡斯所说的，我必须更明确、更聪明一点儿。

或许我可以许愿被邀请加入房车之旅，成为全世界最出色的足球运动员，让“贝贝帮”凭空消失。各种愿望使得我的脑袋嗡嗡作响。我小心翼翼地从笔记本中间撕下一页，在上面写道：

阿奇·克拉姆的愿望清单

1.Xbox游戏机和比萨

2.

3.

4.

5.

6.

7.

8.

9.

空白的地方让我头晕目眩。我所写下的东西将会大大改变我的人生。可是我究竟要在第二个愿望后面写些什么呢？

第五章

在我内心深处有个声音告诉我，振作起来，继续努力。

——卢卡斯·贝利

在我内心深处有个声音告诉我，打完15个意大利香肠味的嗝后，再接着吃比萨。

——阿奇·克拉姆

整整一晚我都在思考该许什么愿望，最后得出结论，这些愿望要么很愚蠢，要么不可行。我差点儿就要半夜爬起来给冒斯打电话，连一秒钟都憋不住了。但随后我又被别的愿望——拥有一只自己的宠物猴子——转移了注意力。

第二天早上，我一如既往地迟到了。我匆匆塞下一片烤焦的面包，又喝了几大口南瓜汁，然后在妈妈房间门口探出个脑袋。

“再见，妈妈。”我对着黑暗的房间说。

她靠在枕头上坐着，眼里满是悲伤：“一会儿见，亲爱的，希望你今天过得开心。我会试着去做一些好吃的茶点，你觉得呢？”

“好的。”我回答，“你看状态来吧。”

妈妈每天都会这么说，但是她从来不会去做好吃的茶点。反正最近都是如此。从早上和她聊天开始，她就会说等她好点儿之后要做各种各样的事。我已经听了几百遍了。我们会去度第一次假，我们会养一只小狗，我们会好好打理一下房子，我们会去野餐、去放风筝、去海里游泳。前提是等她好点儿之后。

我也不是不想再听一遍——我喜欢去想象这些美好的事——只是当她想象结束后，她会开始为我们无法做到这些事而陷入悲伤，不停地道歉和哭泣。我一点儿也不想这样，所以我快速转移了话题。

“妈妈？”我轻声说，“如果你的愿望都能实现，你会许什么愿呢？”

“很简单，”她说，“希望你能开心。无论许多少次，我都只有这一个愿望。”

“嗯，谢谢妈妈，我会尽力的！爱你。”我说，但心想这根本无济于事。我不能许愿“变得开心”，我得想一些能让我开心的事，这样一来妈妈或许也能感到开心。

当经过邮筒时，我想起了卢卡斯站在我旁边的鹅卵石上，我们俩肩并肩。当看到守护精灵雕像时，我仿佛又能感觉到他走在我身旁。我心里暖洋洋的，似乎不再那么孤独了。到了冒斯家，我开始发出“信号声”。

“咕——咕！”

每当我和冒斯要找对方时，我们都会发出这个声音。听上去像丛林中的鸟，几英里外都能听得到。冒斯在教我的时候说：“好了，阿奇，信号声的第一条规则就是，不能教别人这个信号声。明白了吗？”

“为什么？”我问。

“因为这是我们之间的呼唤，只要你听到它就知道是我，只要我听到它也知道是你。只要你听到信号声，就必须做出回应——这是第二条规则。一言为定？”

“一言为定。”

于是每天早上我都会在她家门口发出信号声，她就知道我在外面等着。有一次她的邻居从最上面的窗户里探出头来，大声嚷道：“你能不能别在每个该死的早上发出那该死的声音？”我们大喊一声：“对不起！”然后偷笑着跑开了。所以现在早上我只敢发出轻柔版的信号声，我把高亢版的留到了急需她的时候。

冒斯跳出家门，她的父母在身后向她挥手道别。

“早上好，阿奇！”佐伊大声说，“你的头是怎么回事？”

“我从自行车上摔了下来，现在没事了。但是很抱歉，你的盘子打碎了。”

“别说傻话，就一个盘子而已。你确定没事吗？你看上去伤得不轻哪。”

“没事，我好着呢！”

“贾斯敏，今天多关照点儿他。”佐伊在我们身后大喊道。

“没问题！”冒斯大声回答。我们沿着街道往前走。

冒斯的真名叫贾斯敏，但她很讨厌这个名字。她想让学校的人都叫她米妮，但自从贝拉和贝尔把她叫作米妮鼠之后，情况就有点儿不对劲了。大家也纷纷加入进来，只管她叫冒斯[①]。不过她说比起贾斯敏，她更愿意大家叫她冒斯，从此之后这也就成了她的名字。这名字跟她还挺搭的，因为她个头很小——年级第二小——但她结实有力，速度极快。我想她是我认识的最顽强的人了。

我和冒斯从一起参加幼儿游戏小组时就认识了。我们还在她家花园里拍了照片。照片中的我们脸上沾满泥巴，身上穿着纸尿裤，手里攥着棍子。显然，我们打小就喜欢制作魔法药水。我记得有一次我们甚至在她家外面摆上个小桌子，出售一些我们制作的“魔法玫瑰花瓣香水”。唯一的顾客就是她妈妈，她给了我们每人十便士，还假装把香水涂在手腕上。冒斯以前也常常来我家串门，那时爸爸还和我们住在一起。现在妈妈不喜欢家里来客人，所以我只好去冒斯家玩儿。

当我们往山上的学校走去时，她说：“阿奇，你头发里有什么？”我摸了摸耳朵上面，感觉到有一小块硬硬的头发。

---

① 英文为Mouse，有老鼠的意思。——译者注

“牧羊人馅饼。”我说，“我完全忘记把它洗掉了。”

“你看上去真是一团糟。你是怎么从自行车上摔下来的？”

我开始告诉她关于慢动作和眼前一黑的事，正当我讲到故事高潮，也就是我看到卢卡斯·贝利的那一段时，突然刮起了一阵风，树叶在我们脚边旋转起来。我们躲进公交车站，我把事情的经过全告诉了她。

她沉默了一会儿，看起来有些担心，继而变成了愤怒。

“我花了整整一个周日晚上复习数学，而你却用一个愿望就把考试取消了？真是太谢谢你了，阿奇·克拉姆！”

“对不起。”我咕哝道。

冒斯突然大笑起来，我才意识到她并不是真的在生气，只是装个样而已。冒斯的演技相当精湛，所以很难看出来她是不是在胡闹。

“你不会真的以为学校停课是你的功劳吧？”她说。

“可是我许下的愿望全都实现了！比萨也好，Xbox也罢，通通实现了！”

冒斯开始在公交车站来回踱步，此时的她已经进入了律师模式。冒斯对法庭剧相当痴迷，总是看个不停。

“克拉姆先生，在你的开庭陈述中，你宣称在你许愿的前一天，你的邻居给你留下了一个箱子——请问是这样吗？”

“是的？”

“所以Xbox肯定已经在里面了，你同意吗？”

“我想是吧。”

冒斯顿了顿，仿佛她刚刚揭露的证据让她胜利在握了。

“那么，阿奇·克拉姆，如果Xbox在许愿前就送到了，除了疯狂的巧合之外，这件事还有其他可能吗？”

“可是比萨呢？还有停课呢？”

冒斯停止了踱步：“锅炉坏掉的事时有发生，而比萨送错地址的事也不是没有听说过，不是吗？”

我的肩膀耷拉下来。

“所以你觉得这不是真的了？”我如同泄了气的皮球般问道。

她一下从律师模式中跳出来，坐在我身旁的长椅上。

“我并不是说这绝对不是真的，我只觉得你永远无法百分百确定……除非你能许愿一些完全不可能发生的事。”

“比如说？”

“唔，这得看你了。想想那些你真正想要的东西，那些不可能的东西。”

我思考了一会儿，我真正想要的东西一言难尽，刺痛人心。我想要爸爸爱我，想要妈妈好起来。“那你会许什么愿望呢？”我最后问道。

“性别平等。如果这个无法实现的话，那就希望我的房间里能有一台弹球机。但我想许什么愿望不重要，不是吗？你必须弄清楚你想要的是什么。要不我们放学后碰头，一起制订个计划，怎么样？”

“就这么定了！”我微笑着说。

“在那之前坚决不能许愿，明白了吗？”我点点头，她接着说，“你或许想要的是洗掉头发上的土豆泥——趁‘贝贝帮’还没看到你这副模样！”我哈哈大笑，从刘海上抠下一块干掉的胡萝卜，然后我们走进各自的教室。

“我可以许愿贝拉和贝尔变成猪吗?！”我在她后面大声说，“这会让我再开心不过啦！”

第六章

你感觉到有压力，是因为你对自己缺乏信心。

——卢卡斯·贝利

我感觉到有压力，是因为我想在课堂上放屁。

——阿奇·克拉姆

在英语课上，马瑟夫人一直在讲从句。我直愣愣地看着一整页的问题，而对答案一无所知。在不知不觉中我飘进了阿奇乐园。我想象着卢卡斯·贝利像我这么大的时候，就坐在这张课桌前，午餐时间在操场上练习颠球。当他被发掘并开始在流浪者青年队踢球时，他和兄弟姐妹们住在街边的一个小房子里。他一定非常渴望能在英超、欧洲杯和世界杯中夺冠，他的每一个愿望都实现了。所以说，也许这是有可能的。也许如果我许对愿望的话，我就能彻底改变我的人生……

“阿奇·克拉姆，你有在听我说的每一句话吗？”

我抬头一看，马瑟夫人正盯着我。

“有。”我快速回道。

“既然如此，请告诉全班同学你的想法吧。”

“没有。”我的语速更快了，“对不起。”

全班同学嘻嘻哈哈地笑了起来，我听到身后的贝拉捏着嗓子说：“有，有，我有满满三袋毛。[①]”

剩下的半天简直让我度日如年，我期待赶紧放学去找冒斯说话。午餐时间丹·多尔问我想不想踢足球。从来没有人对我发出这样的邀请，他人真好。他是唯一一个会给我传球的人，可当我踢进一个乌龙球后，就连他也傻了眼。我想人们对我的好也就只能到此为止了。

我不能希望每个人都变得更加友好，但我可以希望自己变得魁梧又吓人，这样大家就不得不对我更加友好了。全校的男孩子里要数弗兰克·庞墩最人高马大了，他几乎和费尔先生一样高，但他走起路来弯腰驼背，仿佛巴不得赶紧消失一样，大家都叫他胖墩儿。我决定还是打消这个念头吧。

放学的铃声终于响起了，我以最快的速度冲出校门去和冒斯碰头。

“我们走吧，魔术师！”她说。我们往山下走去。到了公交车站后，我们坐在冷冰冰的涂鸦长椅上。周围空荡荡的，也没有人来往，只有一个沿着人行道被风吹来的薯片包装袋和几家被木板封住的商店。狗叫声从远方传来。这里看上去或听上

① 模仿儿歌《黑绵羊咩咩叫》的歌词。——译者注

去完全不像一个可以实现愿望的地方。

冒斯转向我："我想好了计划。让我们暂时忘掉那些愿望吧，你只用告诉我一些你喜欢的事物。"

"比如什么？"

"任何事物。那些让你开心的东西。"

我坐下来，看着周围随风飞舞的包装袋，试图回忆起那些让我感到快乐的时光。

"获得更多的足球贴纸？"我说。

"很好。"她说着，把它写在了一张废纸上，"还有什么？"

"和斯卡奇一起玩？"

"完美。继续说。"

"显然，我喜欢看足球，喜欢和你一起玩，但我不明白这些跟愿望有什么关系。"

"好吧，你必须弄清楚你是谁，你想要什么，这样才会知道你该许什么愿望，不是吗？"

"我想是吧。"

"就像我妈妈说的，'除非你知道自己想要的是什么，否则宇宙是不会给你想要的东西的'。"

"或许吧……"我说。

我开始思考自己真正想要什么，什么才能让我开心。各种想法渐渐涌入脑海，速度越来越快。

我想要一个大家庭，大家彼此相爱，让彼此欢笑到流泪。

我想住在一栋温暖的大房子里，朋友们常常来我家玩，因为我是全校最受欢迎的男孩。

我想在大大的花园里玩射击游戏，地上有一张蹦床，还有一个电影院和海洋球池。

我想要橱柜里总有喝不完的汽水和可乐。

我想要热热闹闹的圣诞节，大家欢聚一堂，头上贴着贴纸一起玩游戏，分享着一罐罐深不见底的巧克力。我想要每天放学打开家门后，厨房里香气扑鼻，做饭的人笑脸相迎。我想要家人们问我今天过得怎么样，并且是真心想知道答案。我想要上百个堂兄弟姐妹、叔叔、阿姨、舅舅、舅妈，他们全都记得我的生日，每年都给我寄贺卡。我想要宠物、充气城堡、气球、派对和音乐。

我想要全部我没有的东西，但哪怕是一个心愿我都不能大声说出来。不能对冒斯说，也不能对任何人说，因为这太难以启齿了。我想要的太多了，我甚至不知道该从哪儿说起。

冒斯紧紧盯着我，仿佛看穿了我的想法。

“不如我们从小一点儿的心愿开始吧，”她温和地说，“看看是否能证明这是真的。假设你想要一些足球贴纸，你觉得获得多少张才是最不可能、最疯狂的？”

“在我回家的路上捡到一包？”我欢快地提道。

“多一点儿，阿奇！！”

“在我回家的路上捡到9包！”

“再多一点儿！”她大喊道。

“109包?！”我问。

“这还差不多，但还达不到‘完全不可能’。”

我沉思了一会儿：“我曾经看过一场比赛，看谁收藏的足球贴纸全世界最多。你能想象吗？”

“你参加了吗？”

“没有。”我说，“我没有钱买邮票。”

我兴奋地填好了表格，然后问妈妈要70便士。

“别来烦我，阿奇。”她在羽绒被里抱怨道，“老是问我要东要西，你都不知道这对我来说有多难。”我立刻知道我得赶紧离开了，而我那拥有全世界最多贴纸的梦想也就此破灭了。

她总是这么说，说我“不知道”和“不理解”。她也不知道，也不理解我的感受。我一直想着回她这一句话，但我没那个胆子。这会让她顷刻爆发，滔滔不绝地说起她的“症状”，然后大喊大叫或放声哭泣——也有可能两者同时进行。我想没有谁能够真正理解别人的感受，不是吗？

“好吧，那就它了，阿奇·克拉姆，”冒斯的话把我的注意力拉回到了公交车站，“你已经找到你的愿望了——成为全世界收藏足球贴纸最多的人。许下这个愿望后，我们就会知道神奇的卢卡斯和他的承诺是不是真的了。”

我迟疑不决，这听上去像一个荒唐的愿望。冒斯向前倾身。

“如果你不去许愿，那它肯定不可能实现，不是吗？”

我点点头，闭上眼睛，想象着自己站在一堆高高的贴纸前，然后压低声音说：“我希望成为全世界收藏贴纸最多的人。”

“大声一点儿。”冒斯小声说。

“我希望成为全世界收藏贴纸最多的人。”我提高嗓门重复道，画面在我脑海中越来越清晰。

“大声一点儿！”冒斯再次说道，“你必须坚信不疑，阿奇。抱着强烈的渴望说出来。”

“我希望成为全世界收藏贴纸最多的人！”我扯着嗓子高声喊道。这时突然狂风大作，把空的薯片包装袋吹到了我的脸上。我把它拍掉，往路边看去，发现贝拉和贝尔一边指着我，一边大笑不止。

“我希望，我希望，”她们用尖锐的声音重复道，“我希望我不是阿奇·克拉姆。”

第七章

人无完人，这就是为什么铅笔的一头会有橡皮擦。

——卢卡斯·贝利

我的铅笔是乐购超市的特惠装，它的一头没有橡皮擦。

——阿奇·克拉姆

在回家的路上我不停地左看右看，寻找任何不寻常的东西。最后发现什么也没有。既没有一大堆的贴纸，也没有一小堆的贴纸，什么都没有，就连一张贴纸都没瞅到。

回到家后，我拿出卢卡斯的贴纸，微笑着对他说："我想Xbox游戏机只是一个巧合吧。噢，当然，这个过程我还是很开心的，仿佛一切皆有可能一样。谢谢你的努力，卢卡斯，你仍然是我的最爱。"

我发自内心地喜欢收集贴纸。几年前爸爸还给我买，但现在他已经懒得费这个心了。有时候周末他会给我一英镑，说："阿奇，你自己去买点儿巧克力棒之类的吃吧。"每次我都拿他给我的钱去买了贴纸。每逢生日和圣诞节我也会向他索要贴纸。我已经贴满了四本贴纸书，我是全校第十个收集贴纸最多的人。那些拥有更多贴纸的孩子对此不屑一顾。他们一口气买下所有的贴纸，直接把书贴满，然后就开始厌倦了。不像我细心呵护每一张贴纸。每次得到想要的贴纸时，我都会小心翼翼地把它从我的清单上画掉，然后对它使出我最无懈可击的贴纸技术，也就是我的拿手绝活——不留气泡、皱纹或缝隙。我甚至还写了一份贴纸指南，以防忘记或不得不把我的收藏传给别人。

阿奇的贴纸指南

1.确保页面上没有碎屑、灰尘和杂物。有一次我费了很大的劲儿才把伊德里萨·盖耶的脸撕开，把一小块让他的眼睛鼓起来的面包屑弄走。

2.把上面的两个角对齐，只从这两个角把背胶剥开。这是最重要的一点。一旦手抖发生差错，后续将无法更正——请翻开第一本贴纸书的第112页，你将见证贴纸可以贴得有多歪。还好我从此吸取了教训。

3.小心谨慎地把两边贴好，然后自信地压下去。信心是关键所在。任何手忙脚乱的行为都会导致折痕的出现。不要让你脑海里的声音告诉你，你无法把它贴到最好。

4.缓慢地撕开背胶，同时把贴纸顺着你的方向压下去，全程保持压力均匀。太快=有气泡，太慢=起褶子。

5.用力抚平贴纸，把背胶扔进垃圾桶。如果你也像我一样喜欢留下背胶，那就把它放进包装纸堆旁边的背胶堆里。

有一次我自豪地把这份指南拿给冒斯看，她说我是“疯子”。

“这真的很重要！”我说。

“别担心，如果我不得不贴你的贴纸，我一定会遵守规则的。我不仅会把它铭记在心，每天重复一遍，还会把它放大做成海报，贴在我的墙上！”

“呃，没必要那么夸张。”我说，但忍不住偷偷地想这真是个好主意。

一阵重重的敲门声把我拉回了现实。我跑下楼，感到一阵熟悉的战栗爬上了我的背脊。我使劲甩掉它，然后打开了门。

外面的人行道上停着一辆白色的货车，两个男人正在把又大又重的箱子卸到一辆手推车上。看到我之后，其中一个戴着羊毛帽的高个子男人说：“你就是阿奇·克拉姆吗？”

“是的。”我说。

“你想把它们放在哪里？堆在门边怎么样？”

“这里面是什么？”我问。

“不知道，小家伙，我们只是送东西的。”我看着他们把一个又一个的箱子搬下来，再把它们叠成高高的八列。

“请等一等！”箱子接二连三地被搬过来，我打断道，“这一定是弄错了！”

“还剩下16个，小伙子。”那个没戴帽子的矮个子男人一边气喘吁吁地说，一边把他手中的箱子放到一列箱子的顶上。我开始慌了。现在这些箱子几乎把房子前面占满了。我想妈妈肯定会不高兴的，但转念一想，或许她未必会注意到呢。他们终于搬完了，高个子男人说：“你可以在这上面签名吗？”

他递给我一块写字板和一支笔。我喜欢签名。我尽可能把我的名字写得工工整整，这是我练习多年的成果。

我先写了一个大大的A，在里面画了一个笑脸，然后写个C环绕在外面，包裹住Archie（阿奇）。

签完名后，他递给我一个信封说：“好嘞，慢慢搬进去吧，祝你好运。”我还没来得及多问，他就跳回到了货车上。

我眼睁睁地看着货车开走，然后转过身来面对这堵箱子堆成的墙，设法从它们中间挤到前门去。但空间太窄了，最后我把自己卡在了两座箱子塔之间。我试着把一列箱子抬起来，但实在太高太重了，我可不想被一大堆箱子压扁。

就在这时我想起了公交车站和我的愿望，一阵激动之情油然而生。我意识到必须打开箱子，看看这是不是真的。

我撕开其中一个箱子的顶部，可就算我伸长了脖子也看不到里面。我踮着脚尖举起手，刚好可以够到箱子里头。我伸手进去摸了摸，感觉到闪亮的包装纸在我指尖游走。

“这是真的！”我自顾自地尖叫起来，“愿望真的实现了！是贴纸，里面满满当当都是贴纸！”

两个愿望都实现了，这意味着我只剩下七个愿望了！

我情不自禁地在这些箱子间手舞足蹈地跳了几步，兴奋之情就像一道道电流穿过我的身体和大脑，让我的舞步越来越快。

我的愿望实现了。

我的愿望实现了。

我的愿望实现了。

我开心极了。现在一切都充满了可能，没有什么是我做不到的。我可以飞向月球或与海豚游泳，我可以躺在巧克力喷泉里或会见女王，我可以成为社交媒体明星或奥运会游泳选手，我可以在下一次数学考试中击败所有人，成为全班第一名。我的生活将会变得更加美好，但首先我得想办法把这些箱子搬进去。

我试着移动这些箱子，但它们几乎屹立不动——谁知道贴纸竟然可以这么重呢？我的胳膊疼得要命，用尽全身力气也只把一个箱子挪动了5厘米。而且我尿急得不行了，可前门被这些箱子挡得严严实实。

我只好放弃了，一屁股坐在路边。

一个男人正牵着一只小狗在路上散步，我想请他来帮个忙。谁知一看到我站起身朝他走去，他就抱起小狗说："不行，谢谢。"然后匆匆离开了。

你连我要问什么都不知道就这么回答，这真是太奇怪了。有些人似乎对什么都感到恐惧，哪怕只是一个小孩子的求助。

我快憋不住了，急得我一个劲儿地跳脚。虽然我也不知道这有什么帮助，但还挺管用的。我颤颤巍巍地绕到房子后面，看能不能叫妈妈来帮忙。我知道她在床上听到叫声的可能性微乎其微，但总得一试。

我穿过通道绕到屋后，来到她房间的窗户下面，压低声音呼喊道："妈妈，妈妈，妈妈！"低喊变成了吼叫。我上蹿下跳，拼命不让自己尿裤子。

"你还好吧，阿奇？"一个声音从楼上的窗户传来，是12号房的罗斯玛丽。她看到我不停哆嗦，又问道："你需要用我家的厕所吗？"

"好的！"我说着，撒腿冲了过去。

她开门让我进去，我从她棕色的小狗身边飞奔而过，它一边对我汪汪乱叫，一边转着圈圈。

"别理兰斯洛特爵士，"罗斯玛丽说，"它只会瞎嚷嚷。左边第一扇门，亲爱的。"

在上完厕所（这让我如释重负）和洗完手后，我突然感到有点儿尴尬。罗斯玛丽的家既漂亮又安静，不仅弥漫着花一般的清香，墙上还挂满了小照片。给人感觉不像是可以随意冲进去，大吵着要上厕所的地方。

当我出来时，罗斯玛丽抱着兰斯洛特爵士站在厨房里，她的儿子詹姆斯坐在厨房的桌子旁。他就是送给我Xbox游戏机的人。上一次我见到他时，他就比现在的我高一点儿，斑点更多一点儿，但他现在看上去老得都可以当我爸爸了。

“詹姆斯刚从大学回来。”罗斯玛丽说，“你要喝点儿果汁吗？”

“不了，谢谢，我还是走吧。谢谢您让我使用厕所。”我又补充道，“也谢谢您送的那箱东西，我很喜欢，尤其是那台Xbox游戏机。”

“你喜欢国际足联游戏吗？”詹姆斯说，“我一开始玩的时候可上瘾了。”

“喜欢，不过我玩得有点儿差劲。”

他笑着把头发从脸上拨开。他穿着一身松松垮垮的黑色衣服，头发耷拉在他的眼睛上。我想，说不定连我都可以把他击败，他可能连屏幕都看不清。他仿佛读懂了我的心思，说：“如果你想要玩一局的话，我随时奉陪，顺便重温一下我的青春。”

看着他站在厨房里，就像一个身材松弛、毛发旺盛的巨人，我突然灵光一闪。

“坦白说，你能不能现在就过来帮我个大忙？我有一大堆箱子挡住了前门，需要找人帮忙把它们搬进去。”

罗斯玛丽皱起眉头，说：“这就是你大喊大叫的原因吗，亲爱的？你妈妈不在家吗？”

“她肯定是在听音乐吧。”我撒谎说。

罗斯玛丽点点头，对詹姆斯说：“亲爱的，你会帮他一把的，对吧？”

“好的，没问题。”詹姆斯说着，穿上了他的鞋子，“只要是国际足联的球迷，我都很乐意帮忙。”

“这些箱子里面到底装了些什么？”他一边问，一边把第10个箱子从前门拖走，“实在太沉了！”

“足球贴纸。”我说。

“你说的是真的吗？我以前也很喜欢足球贴纸。可是你从哪里弄来这么多?！”

“别问了，我自己也不知道。”我说，“你想要多少就拿多少吧！”

他笑了笑，我打开前门。

“好了，”他说，“我们把这堆东西弄进去吧。”

这时我才意识到这可能是个坏主意。我的清洁制度最近形同虚设，所以房子里乱得一塌糊涂，而且妈妈也不喜欢家里有客来访，所以我只好耸耸肩，说：“话说，你帮到这里就行了，我待会儿再尽量每次多拿几包进去。”

“你一个晚上都拿不完的！别傻了。”

他开始把箱子一个一个地往里抬。我急忙进屋，迅速关上厨房的门，这样他就不会看到厨房台面的东西堆得有多高了。虽然家里有点儿臭臭的，但我实在无能为力了。也许我应该许愿让家里的空气更清新一点儿。

箱子开始越堆越多。有的摇摇晃晃地叠在沙发和椅子上，高耸在坏掉的小煤气炉前；有的堆积到窗前的天花板上，挡住了光线；有的渐渐占满了整个房间，直到连墙壁都看不见。整个屋子里除了箱子，还是箱子。

在把最后一个箱子塞进去后，我正要用随意的口吻向他道谢，却发现他在环顾房间，脸上露出担忧的神情。

“阿奇，你妈妈呢？”他悄悄问。

“啊，她刚起床，她感冒了。”

“你不是说她在听音乐吗？”

“是啊，同时进行吧。”我说，“说到这儿，我去看看她好了。你先回去吧，可不能把你给传染了。”

“她病了多长时间了？”

“就这几天。”我说着，从他身边挤过去，打开了门，“非常感谢你的帮助。”我把他送到门外，在他身后迅速关上了门。

我转过身去看着那些箱子，然后坐在地板上，不知道该拿它们如何是好。

我打开第一个箱子，皱起了眉头。我还指望着会看到一大片闪闪发光的红色包装，上面有成千上万句鼓舞人心的名言也回望着我，告诉我要敢于梦想，勇于改变！

可取而代之的是一个大盒子，里面装满了色彩柔和的贴纸。粉色和蓝色，以及各种形状和图案都混在一起。我取出一把，定睛一看，心顿时沉了下去。

这些都不是我想要的！里面有迪士尼贴纸、动物贴纸、表情包贴纸。一包又一包，一张又一张，全都毫无用处。我看了看另一个箱子，里面也一样。我找了一个又一个，终于发现有一个箱子里几乎都是足球贴纸了——比我这辈子见过的足球贴纸还要多——但我仍然被唐老鸭和公主们包围着。

我拿起电话，打给冒斯。

过了很久她才停下来，不再嘲笑我被各种幼稚的贴纸所淹没，她顿了顿说："阿奇，你在公交车站到底许了什么愿望？"

"成为全世界收藏贴纸——"说到一半我停下来，意识到了自己的失误。

"你只许愿拥有贴纸？而不是足球贴纸？"

"噢，不！"

她再一次发出爆笑，过了很久才停下来，我告诉她我得走了："我必须在被妈妈发现之前把这些贴纸搬进我的房间！"

显然愿望不会看透我的心思，知道我的确切想法。从现在起我要更加小心，只剩下七个愿望，我不能再犯愚蠢的错误了。

两个小时过去，我才清空了三个箱子，而我房间的贴纸已经堆得如山高了。我摸索出了搬运之道：先把两个背包塞满，一个背在胸前，一个背在后背，再把两个购物袋子装满，最后一口气把它们全部拿上楼。要是妈妈下楼发现满客厅的贴纸肯定会不高兴。不过她已经很久没下来过了，尤其电视还在我房间里。我不知道要过多久她才会注意到家里堆满了箱子，或许好几个月之后吧。

在搬了第七趟之后，我决定休息一会儿，把厨房收拾一下。詹姆斯的来访让我意识到必须要把家里打理得像样一些，我不想让任何人发现有什么不对劲。妈妈说过不能告诉任何人她长期卧床的事。

“他们总想要多管闲事，明明我们过得挺好，阿奇，你说是吗？”

“我想是吧。”我说。

“答应我你不会告诉任何人。”

她说这句话时表情非常严肃，还很害怕，仿佛这是件要紧事，所以我才向所有人隐瞒了妈妈的病情。就连冒斯也不知道她的情况有多糟。

我先是把碗洗干净。我们家里只有三个碗，所以如果不马上把它们洗干净，我就得直接就着罐头吃东西了——我最近也是一直这么干的。

我数了数，一共有8个意大利面罐头、3个番茄汤罐头和4个香肠豆子罐头瓶子，全都空空如也。我把它们扔进垃圾桶，向自己保证以后吃完饭一定要马上洗碗，并且不要再就着罐头吃了。上周我们在学校谈到了健康饮食的问题，基兰和玛莎说他们会做一些很讲究的伙食，比如米饭配蔬菜、鱼饼配西蓝花和青豆。在说到我的饮食时我撒了谎，绝口不提直接就着罐头吃饭的事。后来在网上购物时，我买了一些西蓝花，可在我加了奶酪片之后，价格就超过了40英镑，我不得不删掉了西蓝花——因为我喜欢奶酪片。我把它熔化在热气腾腾的意大利面上——美味极了！

把厨房收拾得整洁一些之后，我也完成了搬运贴纸的工作。现在我房间里的各个角落都被盖得严严实实，仿佛有一座贴纸火山爆发了。我坐在床上，感受着手中一包包的足球贴纸，却连打开的兴致都没有。数量真的太多了。或许这就是那些一次得到很多贴纸，一天之内就把书贴完的孩子们的感受吧。一旦你的欲望被满足之后，就毫无乐趣可言了。

我找到我的愿望清单，写下了第二项：

阿奇·克拉姆的愿望清单

1.Xbox游戏机和比萨

2.成为全世界收藏贴纸最多的人

3.

4.

5.

6.

7.

8.

9.

我决定拿一大堆贴纸去学校出售，也许在下次购物时我就能有钱买西蓝花了。冒斯可以来帮忙。她是销售高手，她可以很快地搭起一个火爆的贴纸摊。

去年夏天她想出了一个主意，在道路尽头出售自制的狗饼干。她绘声绘色地向顾客讲述起她的狗埃里克不肯吃饭的故事，无论她每天尝试做什么新的食物都不行。正当她绝望之际，有一天她烤了一些花生酱点心，埃里克偷偷从厨房边上把点心叼走，一口气吃个精光。她的故事逗得人们大笑不止，在他们终于说完“哎呀，真可爱”和从她的笑话中缓过劲儿来后，他们自然都想买一些点心，即使他们没有狗。我只管坐在桌子旁看着，对她肃然起敬。

一想到我能有一个贴纸销售摊，还能挣上一点儿钱，我就兴奋不已。要是我能挣个盆满钵满，或许我就不需要浪费一个天降横财的愿望了。我坐在一大堆贴纸中间，思考着接下来该许个什么愿望。

贴纸的愿望表述得不够明确，我得更具体一些。卢卡斯说得对，我必须更明确、更聪明一点儿，不能贸然行事。这可不是儿戏。

第八章

越努力，越幸运。

——卢卡斯·贝利

贝拉赢得班级抽奖那一次怎么解释？她唯一努力的事就是到处作恶。

——阿奇·克拉姆

早上我一觉睡过了头，没来得及吃早饭，也没跟妈妈说再见就飞奔出去。刚踏出家门，我就看到货车司机给我的信封躺在人行道上。一定是在我搬箱子的时候把它弄掉了。信封有点儿湿漉漉的，我把它捡起来塞进包里，一路狂奔去学校。

我直接跑过了冒斯家，连信号声都顾不上发——我起得太晚，她定是走在前头了。

我偷偷摸摸地溜进会场，站在一排学生的边上。校长贾恩夫人正在进行演讲。

“如果你能体会别人的感受，那么你就能做出正确的选择。”她说，“这就是同理心的意义所在。”

我瞥了一眼我这一排学生。杰登·托马斯正在戳丹·多尔的侧身，每次他的手指戳过去，丹都会缩一下。而“贝贝帮”则笑得歇斯底里。我很怀疑她们是否明白同理心是什么。我真想许愿摆脱“贝贝帮”，这辈子都不用再看到她们那两张臭脸，但这会儿贾恩夫人说：“有时候你可能无法理解别人，但每个人的背后总会有自己的故事。我们不妨尝试着去了解彼此的故事是什么。今天我给你们的挑战是，了解你们班上某个同学背后不为人知的事。让我们把山谷布鲁克小学建设成一所充满同理心的学校吧。”

她等了一会儿，似乎在期待着我们的掌声和欢呼，但大家不为所动。

在意识到我们是不会自发地爆发出掌声之后，她叹了口气说：“好吧，同学们，请安静地回教室去吧。”

在回去的路上冒斯追上我。

“你刚去哪儿啦？”她和我一起沿着走廊往教室走。

“我睡过头了！”我小声说，“都怪我太兴奋了——可把我累坏啦！你真该来我房间看看，简直是疯了。我这辈子从没见过这么多的贴纸。这些愿望果然是真的，冒斯。”

冒斯显然陷入了深思，她眉头紧锁，脸也皱成了一团，说：“一定有一个合理的解释！送货的人是怎么说的？他们有告诉你贴纸是从哪儿来的吗？”

“没有，什么都没说。”我想起了早上的信封，在我的包里翻来找去。

“不过他们倒是给了我这个。”我说着，把信封掏出来，“但我没有打开。”

“为什么不开？！”

“因为我尿急，然后就忘光了。”

“噢，阿奇——给我吧。”她一把抓起信封撕开，“果然如我所料，一个不带任何魔法的解释！”

我一脸困惑地看着她。

“你赢得了比赛！”

“什么比赛？！”

“就你告诉我的那个。”

“可我没有参加比赛呀！”

“你肯定参加了！”她说着，把信摆到我眼前。

恭喜您，阿奇·克拉姆！！

您已正式荣获新一届全世界贴纸收藏大赛的冠军！！

请享用您的奖品吧！

“可是，可是我从来没有寄过表格呀，而且不管怎么说，我想参加的可是足球贴纸比赛。”

“你确定？”

我努力去回想，最后说道：“不知道，过了太久了。但我绝对没有把表寄出去。”

“会不会是你妈妈寄的？”

“不可能，她绝对不会踏出家门一步的！”话音刚落，我就开始担心自己说得太多了，但冒斯似乎没有察觉到什么。

“好吧，肯定有人把表寄出去了，你可能只是忘了，阿奇。”

我点点头，但心里清楚那个人肯定不是我。我们走到我的教室门口，冒斯继续往她的教室走去，她说：“凡事都会有一个解释的。阿奇，如果你真的想要进一步证明这一切都只是匪夷所思的巧合，那你就得继续许愿了。”

马瑟夫人的声音从教室里传出来。

“聊够了没！请大家坐下，开始自主朗读。”

“去吧！”冒斯说，我赶紧冲进教室，溜到座位上，假装盯着我的书。但整个上午、午餐时间和下午的艺术课，我都在想着神奇的愿望和我那堆积如山的贴纸。

终于放学了，我们坐在公交车站，我对冒斯说：“我想我们可以把贴纸卖掉。”

她一下子就兴奋起来：“没错！这真是个绝妙的主意，阿奇。不过我可不能在学校这么做！去年我在欧洲杯上押注，被特纳夫人抓了个现行，还给我父母打了电话。要是她再抓到我开个贴纸小卖部，那我就麻烦大了。我们得换个地方进行。”

“在这里怎么样？！”我指了指公交车站。这里到处都是涂鸦和口香糖，但冒斯却满腔热情地点点头。

“一个贴纸站——我很喜欢。”她拿出一个笔记本，开始龙飞凤舞地写起来，“首先我们要把它们分门别类，这样才能快速找到人们想要的东西，就像一个正儿八经的商店那样。要我过去帮你整理吗？”

“呃，不了，没关系，我来就行了。”我连忙说道，“这会很无聊的。”

冒斯又点了点头。她知道有的问题不必多问。

“那好吧，你来负责分类，我来制作标牌……”她举起双臂，想象着在公交车站后面有一块巨大的标牌，“冒斯和克拉姆的魔法贴纸中心站。”

“是克拉姆和冒斯，不是冒斯和克拉姆！！你忘了这是谁的愿望了吗？！”我大笑道。

但我的笑容很快就凝住了，我看到“贝贝帮”在路的另一边，一面指着我们一面傻笑。接着传来冰激凌车翻山的叮叮当当的声音。

“噢，太热了，我想吃个冰激凌！”冒斯说着，在她的口袋里找起钱来。

“我也是。”我叹了口气，心知翻遍我的口袋也是白搭。

“走吧。”她喊道，然后飞奔过马路，冲向冰激凌车停的地方。

我跟上她。

“我的钱只够买一个。”冒斯看着她的硬币说，“但我们可以一起吃。”

一阵惹人厌的笑声从我们身后传来，我愣住了。贝拉和贝尔已经排在了队伍之中。

“可怜的阿奇，”贝拉用一种可恶的声音假装同情地说，“你连买一个冰激凌的钱都没有吗？这也难怪，毕竟你妈妈连班都懒得去上。”

“少来惹他！”冒斯怒视着她们说。

“没关系，冒斯，你买一个就行，反正我也不是很想吃。”我说。

“你没事吧？”她轻声说。

“没事，我已经习惯了。”我试图开个玩笑，“真希望能有一辆自己的冰激凌车啊，我一定会吃到腻为止，而且绝不卖给那两个人，必须的！”

“想象一下我们在自己的冰激凌车里！冒斯和克拉姆的冰激凌车，真是太酷了。”

我闭上眼睛，想象着我和冒斯从小小的玻璃窗往外看，手里还举着全世界最大的冰激凌。

突然刮起了风，一阵刺痛爬上我的背脊。车里的电话铃声响了起来。我猛地睁开眼睛——我刚刚做了什么？！

我们前面的小男孩买完冰激凌之后，我们排在了队伍的最前面。卖冰激凌的男人正在打电话，我们身后排了一连串的人，队伍越来越长。

“抱歉，伙计们，等我一会儿，好吗？”冰激凌车里的男人用手捂着电话对我们说。

“你有没有感觉到一阵风？”我小声问冒斯。

“没有，怎么了？”

“我想我可能坏事儿了。”我说，“我……我刚刚有许愿要一辆冰激凌车吗？”

还没等冒斯回答，那个人又回到了窗口。他脸色苍白，以最快的速度脱下他的围裙。

“你们得自行购买冰激凌了。”他说着，把一串钥匙放进我手里，“你来负责把冰激凌卖给所有排队的人——除了那两个。”他指向贝拉和贝尔，她们吓得倒吸了一口气，“至于你，可以想吃多少冰激凌就吃多少，怎么样？”

他从车的后门冲出去，边跑边回头喊道：“我很快就回来！帮我看好它，好吗？在我回来前它就是你们的冰激凌车了！”我们眼睁睁地看着他沿着道路狂奔而去。

“贝贝帮”开始不安地挪动脚步，不停地咂嘴。队伍后面的一个女人和蔼地笑道：“你们最好赶快进去，开始忙活，要不然你们一晚上也卖不完！”

大家似乎都不觉得这是一桩怪事，他们表现得就好像有人把一辆冰激凌车托付给一个11岁的孩子是再正常不过的事了。

“我一直都想看看里面是什么样子！”冒斯说，“来吧！”

我们迅速爬了进去，映入眼帘的是控制杆和挤出冰激凌的喷嘴。这里不仅有糖屑、果酱和一盒巧克力棒，还有一个装满冰棍的冰箱摆在一旁。所有你能想象到的一切——巧克力草莓冰激凌、旋风冰激凌、蛋筒冰激凌、火箭冰棒——应有尽有。

我转向冒斯，她正望着成千上万罐切碎的坚果，然后惊奇地看向我。

“好吧，我开始喜欢上这些愿望了，阿奇。”

“我可没打算许这个愿的！”我咧嘴一笑。

“嗨，许都许了，没必要浪费它，不是吗？”她说着，把一根巧克力棒塞进嘴里，然后转向窗口和排队的顾客。

我们总算搞明白了怎么使用喷嘴，然后探头出去，贝拉和贝尔还在那里。

“两份巧克力棒双球甜筒，加果酱和糖屑。”贝拉咄咄逼人地说，一下把钱甩在了柜台上。

“恐怕我无法卖给你们了。”我对她们露出我最甜美的微笑，我从未觉得自己在“贝贝帮”面前如此强大过，“你们听到了那个男人的话，排队的人也都听到了。现在能不能请你们靠边站，以便我为这些耐心等待、彬彬有礼的客人服务？”

“可是……可是……这不公平！”贝拉大声嚷嚷道。

排在她们身后的女人把她们推到一旁，说：“不好意思，姑娘们！或许下次在摆出这么恶劣的态度前你们要三思了。我们都听到了你们对这个小伙子说的话，你们不配吃冰激凌！”她转向我。“请给我两个旋风冰激凌，谢谢。”

“不卖拉倒，”贝拉咆哮道，“反正你们的冰激凌难吃死了！”

我没有理会她，而是给那个女人制作冰激凌。我从眼角瞥见贝拉又是跺脚又是嚷叫，而贝尔看上去快要气炸了，但我面不改色继续为人们点单。这种感觉棒极了！最后她们怒气冲冲地走了，我和冒斯击了一下掌。

这实际上是一项相当艰难的工作，不仅要记住点了什么，找对零钱，还要时刻保持微笑！在做了几个摇摇欲坠、惨不忍睹的冰激凌后，我们才进入状态。我先用喷嘴挤出冰激凌，冒斯接着添加配料和果酱，最后我再收钱。虽然它们看上去仍然不像世界上最精致美味的冰激凌，但我们果酱给得很大方，所以大家毫无怨言。

最后一个年轻人走到窗口，我们给了他一个巧克力棒甜筒，他说：“真希望我也能在冰激凌车里工作。你们太幸运了！”

待所有人都离开之后，我们关上窗口，一下瘫倒在小板凳上。

“不瞒你说，我真想吃几口冰激凌！”冒斯躺在喷嘴下面，嘴张得大大的。

“请给我一份双球冰激凌，克拉姆先生，多加点儿果酱和糖屑。”

“当然可以，女士。”说着我把喷嘴往下一压，大笑着把奶油冰激凌喷得她满脸都是。她放声尖叫起来，但又动弹不得，因为一动，冰激凌就有可能会滑落到地板上。

“想要糖屑是吗，女士？”我问道，她满脸冰激凌地咯咯笑个不停，我又往她脸上撒满了糖屑和果酱，她再次发出了尖叫。

“还要点儿别的吗，女士？”我笑得喘不过气来，冒斯抓了一把鼻子上的冰激凌，直接抹到我的脸上。

一场冰激凌大战拉开帷幕，紧接着是巧克力草莓冰激凌、旋风冰激凌和脆皮雪糕，最后我们收拾好残局坐下来，举着两个前所未见的巨型巧克力棒甜筒，上面盖满了你能想象到的各种佐料：草莓酱、巧克力屑、巧克力棒，还有个泡泡糖在顶端。

“如果连冰激凌车都能得到，想想看还有什么是你不能拥有的！”冒斯说。我们俩坐在那儿一边狼吞虎咽，一边想象着我们的愿望，感到既快乐，又疲惫和恶心。冒斯的手机响了，她看了一眼。

“阿奇，我得回家了。妈妈找不到我在哪儿，正在气头上呢。”

“别担心，我留在这里。”我说，“我妈妈甚至都不会注意到我没回家。”

在她离开后，天色开始暗下来，秋天的天气突然变得更冷了，冰激凌车也不像之前那样温暖舒适。我把车钥匙插入点火装置，看看能不能打开收音机，但一阵刺耳的铃声从车内骤然响起，把我吓了一跳。

在昏暗的夜色中，铃声令人感到毛骨悚然。我迅速转动钥匙把它关掉。我不知道该等多久，我不想把钥匙留在车里，但我也不能在这里待上一整晚。由于吃了太多巧克力酱，我感到难受极了，于是我在后面躺下，把外套披在身上保暖。

我准是打起了盹儿。我梦到和卢卡斯·贝利一起爬一座冰激凌山，每走一步我们的脚都深深地陷进去。登上山顶后我们开始欢呼庆祝，可我却摔了下去。我看到妈妈在山脚下，但她没有看向我，也没发现我正在坠落……

我猛然惊醒，看见冰激凌车的主人俯在我身上，轻轻地摇晃我的肩膀。他看上去疲惫不堪，却又兴奋不已。

“你留下来了！”他说。

“是的。”我揉了揉眼睛，“我不想把钥匙留在这里。”我往窗外一看，天色已经全黑了。

“小伙子，我真不知道该怎么感谢你才好。很抱歉我走得那么仓促。我妻子羊水破了，她觉得自己无法赶往医院生产。我们就住在附近，所以我只好跑回去了！”

“她没事吧？”我问。

“没事，现在正在医院里抱着我们的儿子呢。”

“恭喜你们。”我知道在成年人之间听说对方有了孩子之后都会这么说。

“卖了一下午的冰激凌，感觉怎么样?！”

“太有意思了！”我说，然后补充道，“不过有点儿手忙脚乱，而且我们还吃了不少冰激凌！”

“我希望你们能多吃点儿！你们这辈子都可以免费吃冰激凌了！你叫什么名字？”

“阿奇·克拉姆。”说着，我的肚子咕咕叫了起来，“我也不确定这辈子还能不能再多吃一个冰激凌了！”

“哈！这是常有的事。我已经很多年没吃冰激凌了！我叫马丁。”我穿上外套时，他说，“阿奇——真是个好名字。我们以为会生个女孩，所以我们没有准备男孩的名字。阿奇宝宝，我喜欢！你对同名怎么看？”

“我觉得酷极了！”我说。

“现在让我送你回家吧。我要向你父母道歉，让你在外面逗留这么久！”

“不用了，谢谢，我家不远。”我说着，踏进了外面漆黑的夜色里，卖冰激凌的男人一边目送我离开，一边挥手道别。

如果我没有许下这个愿望，阿奇宝宝就不会以我的名字起名。说到底，也许并不是愿望的功劳。也许是因为我留在了车里，而不是弃之不管。也许并不仅仅是愿望才让好事降临。我摸了摸口袋，拿出卢卡斯贴纸。

“我本可以偷走冰激凌车，或把所有的冰激凌都送人，或如果担心妈妈找不到我，我还可以跑回家，让冰激凌车空在那儿。但这样一来就不会有阿奇宝宝了，不是吗？可能会是汤姆或比利。所以，这并不只是因为许下的愿望，对吗？而是许愿后所做的事，这才是最重要的。”

我发现自己在对着卢卡斯微笑。也许是灯光的缘故，但我很确定他正目光熠熠地回望着我。

第九章

我所做的最正确的决定都是凭直觉。

——卢卡斯·贝利

为什么我的直觉会拐弯？

——阿奇·克拉姆

又是晨会时间，我不停地揉眼睛以赶走睡意。贾恩女士说：“现在由费尔先生宣布一个重大的消息。费尔先生，到你说话了。”

前排的一个孩子说：“废话！”大家都开始窃声笑起来。

去年费尔先生是我们的老师。一开始他看起来不是很喜欢小孩，但随着对他的了解，我们发现他其实是个很有趣的人，他总是喜欢话中带刺。比如有一次，贝尔在课上把她的笔扔上扔下，不肯写作业，费尔先生就说：“哇，贝尔，你的扔笔技能可真娴熟呀，希望这项技能会让你受用终身，就像你现在该算的分数一样。”

贝尔嘟囔着嘴，低下了头。我很渴望像这样让“贝贝帮”哑口无言，可往往到了那一刻又想不出该说些什么。回到家我在脑海中一遍又一遍地回放当时的场景，直到我想出完美的台词：“贝拉，如果学校教的是如何变得恶毒，那你一定能拿到A+。”

或者：“我不介意你偷了我的铅笔，如果你能用它写出一些有趣的东西的话。”

或许现在我已经不需要这些台词了。昨天我把她们从冰激凌车请走时，她们那两张愤怒的脸还依然历历在目，我不由得露出了微笑。

“谢谢你，贾恩夫人。现在听好了，同学们。”费尔先生说。我一下被拉回了晨会现场。

“下个月山谷流浪者队将为五、六年级的学生举办一场校际足球锦标赛，全国各地的学校都将被邀请参赛，他们希望我们也能参加，毕竟我们学校是卢卡斯·贝利的母校。”

后排有几个孩子开始反复呼喊道：“贝利，贝利，贝利。”每个人都对卢卡斯·贝利充满了热爱，费尔先生不会因为孩子们的呼声而训斥他们——这就是我们生活的一部分，就像法律一样。你必须热爱卢卡斯·贝利。

费尔先生笑了笑，继续说：“因此，考虑到这一点，我们必须派出一支最强的队伍，以表明山谷布鲁克小学仍然拥有世界顶尖的体育人才。颁奖嘉宾不是别人，正是……”他在膝盖上咚咚咚地敲打起来，我们都用跺脚声附和。

“没错，就是卢卡斯·贝利本人！”

兴奋之情犹如涟漪般在大厅里荡漾开来，孩子们欢呼雀跃，我的心怦怦直跳。卢卡斯·贝利！

“下周三放学后，我们将举行最终球队阵容的选拔赛。凡是想要赢取机会参加锦标赛的人，都可以在散会后在外面的报名表上签名。”我的心跌到了谷底，我是绝对没戏了。

“如果你从未踢过球，也不要感到气馁。卢卡斯希望每个人都能参与进来，不限年龄和能力。在最终球队阵容中，至少会有两个名额留给那些从未加入过球队的孩子。好了，就是这样。现在可以回去上课了。”

大厅里立刻爆发出叽叽喳喳的讨论声。我必须入选球队，我要去山谷体育馆比赛，再次见到卢卡斯，感谢他给予我的愿望。我紧紧闭上眼睛，正准备许下这个愿望。可当我试图想象自己在山谷体育馆的球场上时，贝拉那讨厌的声音响了起来。

“那个小怪物在做什么？我还以为他睡着了呢！”我感到有人戳了一下我的后背，睁开眼睛看见贝拉和贝尔以及一群孩子正围着我大笑。她们竟敢打断我许愿，把我的好事全毁了。她们咯咯地笑个不停，还指着我说我假装睡觉。我的脸越来越烫。

“噢，看哪，他现在彻底醒来啦。瞧他那气鼓鼓的模样，大家小心点儿！”我看着她们可恶又卑鄙的嘴脸，恼羞成怒，但她们只管嬉笑不止。我决定对她们下手了。

我直勾勾地盯着贝拉和贝尔，大声喊道："我希望你们也能尝尝被嘲笑的滋味。"

我再次闭上双眼，只听见她们在尖声怪叫："看哪！他又来了！他睡过去啦！"

我想象着大家都指着贝拉和贝尔哈哈大笑，画面在我脑海中越来越清晰，我听到她们在高喊着："我希望……我希望……我希望……我希望我不是阿奇·克拉姆！"

她们离开大厅时仍然念叨个不停，而我睁开眼睛，暗自露出微笑。

放学后我和冒斯碰头，我们一起朝公交车站走去。我还没来得及告诉她关于"贝贝帮"的愿望，她就一脸严肃地盯着我。

"你不会是想利用一个愿望来晋级锦标赛吧？"

"才不是！好吧……怎么，有那么差劲吗？"

"是的，就是这么差劲！阿奇，锦标赛的目的是挑选出最优秀的球员，而不是作弊。锦标赛的目的是在球队中赢得一席之地，因为你付出了努力，而不是因为你走了捷径。"

"好，好，我不会这么干了。"我犹豫了一下又接着说，"你肯定能进的。"

"对此我深表怀疑。名单上只有我一个女孩子，他们不乐意让女孩加入球队里，以防我被男孩子们蓄意撞倒，尽管我的速度是大多数男孩的两倍，而且我比他们都更勇于抢断——这真是太愚昧了。”

“是啊，这可太恼人了。”我叹了口气，“想象一下卢卡斯·贝利给你递奖杯的样子。就算有机会见到他，我也不确定他会不会认出我。你觉得那天晚上真的是他吗？”

“谁知道呢，阿奇，这事儿太奇怪了。不过我还是认为那些发生在你身上的好事可能只是巧合罢了。”

“你是说真的吗？！不知道你怎么样，反正我还在为吃了太多许愿得来的冰激凌而感到恶心呢！”

“我只是想说，这并不是没有可能。总不能喊一声魔法变变变，某个男人的妻子就要生孩子了吧？我们只能通过一个方法确认，那就是许下一些不可能成真的愿望——只有魔法才能实现的事。”

“比如什么？”

“你自己琢磨吧，我要回家了。妈妈说如果我在下午五点前不把弗朗普清理干净，她就把它送去流浪沙鼠救助中心了。”

“有这种地方吗？”我问，而她已经开始下山了。

“谁知道呢，”她回头大声说，“我可不想为了知道答案铤而走险！”

当我回到家时，灯是亮着的。一打开门就看见妈妈正在厨房里，我情不自禁地咧开嘴，露出一个傻乎乎的大笑容。她能下床来真让我喜出望外。但很快我又为自己感到愚蠢和尴尬，就跟个跑出学校的小孩子在大喊“妈妈，妈妈，我想你！”似的。

我重新调整自己的脸色，摆出一副稍微冷静点儿的表情，然后走进厨房。

“你在沏茶吗？”我问。

“只是在做一些意大利面的青酱。我知道你最喜欢奶酪酱，但我们没有奶酪了。今天过得好吗？”

“很好，谢谢。”我看着她，她打了个哈欠，我知道她接下来会告诉我她要去睡觉了。我绞尽脑汁地想一些话题跟她聊聊，好把她留下来。

妈妈有时候还是很善于倾听的。真是怪事，她能帮我解决苦恼，却无法开导自己的心情。有一次“贝贝帮”把口香糖粘在我的头发上，我想把它弄走，不料却越粘越多，最后我不得不让妈妈帮我把头发剪掉了。她一边轻轻地剪着头发，一边问我发生了什么，然后听我大吐苦水，告诉她“贝贝帮”对所有人有多刻薄，尤其是对我。

待我讲完后，她给了我一个拥抱，说：“你知道我曾经在贝拉爸爸的手下工作吗？”

我点了点头。我当然知道，这也是我们陷入当下困境的部分原因。

“这么说吧，他不是个好人，阿奇。他对我相当恶劣。”

“真的吗？”我说。

“真的。贝拉会这么刻薄，我一点儿也不觉得奇怪。她爸爸是个残忍的人，每个人都或多或少地领教过他的厉害，他的坏名声也被我们口口相传。阿奇，这真的太可悲了。但这并不意味着她们可以对你胡作非为，这不能成为借口——只是你要知道每个人都有自己的故事。”

或许我应该趁还来得及给贝拉一个教训，以免她在变恶毒的路上一去不复返，这才是更重要的。可如果贝拉是因为她爸爸而变成了一个恶霸，那我又变成了什么呢？我不想像妈妈那样终日在床上哭泣。每当早上我感到疲倦不堪、不想起床的时候，我都会陷入恐慌，害怕自己也开始变得像妈妈一样。不瞒你说，这可以让我瞬间从床上弹起来。

我也不想变成爸爸那样的“骗子”。我无法把善意的谎言说得面不改色。当我告诉马瑟夫人我的作业本“不见了”之后，我成天惶惶不安，生怕自己也变成了爸爸那样的人。一个星期过后，我向她坦白了——我用那张作业纸折了一架纸飞机，不小心扔进了水坑里。她并没有生气，而是感谢我的诚实。所以我现在一直都坚持实话实说，白天也不睡懒觉了。我认为这两者都是相当优良的品质，也许我应该许愿不要变成我父母那样的人？但卢卡斯说过我不能许愿改变任何人的本性。

“好了，慢慢喝你的茶吧，亲爱的。”妈妈说着，走向门口。

“山谷体育馆将要举办一场足球锦标赛！”我赶紧说。

她停下脚步，转过身来——这句话管用了。“噢，真不错呀，你要参加吗？”

我耸了耸肩：“我很想参加，但我觉得自己进不了球队。”

“嗯，也许你要多练练了。这可是写在你基因里的——我以前踢得可好了！”她说。

“可不是嘛！你记不记得有一次在公园里，你来了一招彩虹过人？真是太精彩了。”她对自己笑了笑，我想或许真的管用了。她也许会坐下来，回忆起过去带我去公园，和我一起踢球的时光。那时爸爸是守门员，我们都朝他射门。妈妈比我们俩都更擅长颠球。

或许她也回忆起了同样的事，我看到她的脸上掠过一丝古怪的神情，连语气也变了：“你爸爸早些时候打来电话，我没来得及接听。你给他回个电话吧。”

妈妈从不接电话，要么说“没接上”，要么就是“对方挂断了”。有一次她以为我出去了，我听到电话响，决定不去管它，看妈妈会不会接。差不多响了十次之后，我听到她发出凄厉的尖叫声：“别来烦我！”紧接着是一句脏话。所以现在只要我在家，我都会以超快的速度接电话，为的就是不再听到那样的尖叫。

“好了，亲爱的，我累坏了，我要去躺一会儿。”

“你不吃点儿意大利面吗？”我在她身后喊道，但为时已晚。这可能是我这周见她时间最多的一次了。

我给爸爸打电话。他语速飞快，似乎在一边跟我说话，一边干别的事。

“阿奇，我知道我们重新安排了这个周末的行程，但明天是斯佳丽的生日，所以你能不能不像往常那样一早过来，而是下午来呢？我们要带她去过生日，给她一个惊喜！”

我张了张嘴，想问我能不能也去庆祝生日，但话到嘴边被我咽了下去，说什么都是徒劳。

“好的。”我说，“什么时间？”

“三点左右吧。明天见了，阿奇。”

我把斯卡奇的生日忘得一干二净。他们会大张旗鼓地庆祝，斯卡奇则会收到琳琅满目的礼物。去年他们把整个房子装饰了一番，斯卡奇拆礼物都拆到厌烦了。我们最后玩起了空盒子，她似乎对这个更来兴致。我躲进最大的箱子里，然后跳出来大喊道：“生日快乐，斯卡奇，斯卡噗！”尽管每一次她都很清楚我在里面，但还是会尖叫着说：“再来一遍！”我想她可能会连着几小时都玩得不亦乐乎，但过了20分钟左右，她就因为笑得太厉害而尿了裤子。朱莉对我非常生气。

“看在上帝的分儿上，阿奇，你非得要让她兴奋成这样吗？”

我没有为她准备任何礼物。我努力思考着我的房间里有没有什么东西可以包装起来，假装是新的。显然我可以送给她一大堆贴纸，但这个礼物不够完美。我想送给她一些特别的东西。

我坐下来，开始给她制作一张卡片。妈妈从来没有买过生日贺卡，哪怕她曾经买得起。她说："尽是些浪费时间、纸张和金钱的玩意儿。这个世界上有谁会不喜欢手工绘画吗？"我喜欢和妈妈一起制作卡片。我们会修剪出各种形状，再画上些对方会喜欢的东西。妈妈的画工非常了得，她会用铅笔的侧边来描绘阴影，无论什么都画得栩栩如生。很久以前她还画过我。

我从笔记本上撕下一页纸——我还没用到中间部分，所以可以神不知鬼不觉地把中间的纸撕下来。去年我偷偷撕了笔记本中间的好几页，直到它变成薄薄的，费尔先生说："阿奇，你的笔记本在减肥吗？"我的脸唰的一下变得通红，我耸了耸肩，但他只是揉了揉我的头发。"别担心，阿奇，只是开玩笑而已。我很想看看你用那些纸写了什么，下次把它们带来吧，好吗？"

我把纸从中间牢牢地折起来，要画什么我已经心中有数了。只有一样东西是斯卡奇叫我画过，并再三要求我为她画的。我描出轮廓，在腿上绘出阴影，一想到斯卡奇会爱不释手我就无比高兴。

说来也奇怪，我明明有一个妹妹，却不能常常和她一起玩。我偶尔也会设想一下，如果我住在爸爸和朱莉家，每天都能见到斯卡奇，那会是什么样子。我想象着她放学后跑过来搂着我缠着我给她画画的样子。在她眼中我是个绘画天才，然而实际并非如此。斯卡奇似乎认为我无所不能。我只希望在她长大后，不会意识到自己错得有多离谱。

不过等她长大了，或许就不会想跟我一起玩了。如果爸爸和朱莉还是那样的话，我见她的机会就不多了。我希望自己能做一件让她永远记住的事，比画一幅愚蠢的画更强的事。

这时我想起了冒斯在公交车站说的关于我最喜欢的事物，斯卡奇肯定在我的开心榜单之中。正当我给画上色时，我突然灵光一闪。

我肯定做不到的，但也未必？我能求助的只有一个人。

我一口气跳上杰克去找冒斯商量。我仍然没有告诉她关于“贝贝帮”的愿望，要是我再不经商量就许愿的话，她一定不会饶了我。我还挺畏惧她的。如果你曾目睹她在幼儿时期就用空手道掌劈亨利·布德的脖子，你也一定会对她充满畏惧。

“咕咕！”我又叫了一声，从杰克上跳下来，抬头看向窗户。冒斯打开门走出来，怀里抱着弗朗普，身上沾满了锯屑。

“独角兽怎么样？”她还没来得及关上门，我就大声问道。

“你在说什么呢？”她说。

“你不是让我想一想什么东西能让我开心吗？”我努力抑制住自己的兴奋。

“是啊。”

“你说过下一个愿望要许不可能实现的事，这样你就能知道这是不是真的了，不是吗？”

“是啊。”

“我已经想好了，一只独角兽！”

冒斯盯着我说：“阿奇，符合这个标准的东西有那么多，你怎么就直接跳进神话动物的领域了？”

“因为斯卡奇很喜欢独角兽，明天是她的生日，我还没给她准备礼物。你能想象我用魔法变出一只独角兽吗？她一定会高兴疯了！而你也会相信我了，不是吗？”

“我想是吧。我是说，虽然有点儿疯狂，但又何尝不可呢？你打算什么时候许愿？”

“明天下午去她家的时候。”

“好吧。周日你离开她家后一定要来这儿把情况告诉我，正好你也要跟我们一起喝茶，对吧？”

“就这么说定了！”我正准备骑车离开，又回头补充道，“哦，对了，忘了告诉你，我已经许了第四个愿望，所以这将是第五个了。”

“你许了什么愿望?!”她在我身后大叫道。我一面蹬着车离开，一面回头大声说：“没什么大事，只是“贝贝帮”将要得到报应啦，仅此而已！”

我听见她倒吸了一口气，大声喊道：“阿奇！回来！阿奇！”

我让自行车凭惯性从山上溜下来，微风轻轻拍着我的脸。我的生活终于有了起色，比遇到卢卡斯之前那段孤独又悲伤的日子要好多了。我可以靠魔法变出一只独角兽，谁还稀罕一场破房车之旅呢？一切都会好起来的，我想。不，还可以更好。“一切都会变得棒极啦！”我在风中扯着嗓子大喊道。

第十章

不要期待着雨过天晴，而是在雨中跳舞吧。

——卢卡斯·贝利

在操场上跳舞，管它个暴雨如注，前有湿漉漉的厨娘，后有讨人厌的“贝贝帮”，这绝对是个馊主意，卢卡斯。

——阿奇·克拉姆

当天晚上我梦到了卢卡斯·贝利骑着一只独角兽，逗得我开怀大笑，以至于把自己笑醒了。我索性闭上眼睛，把卢卡斯换成斯卡奇，想象着她骑在一只长着彩色兽角的白色独角兽背上，笑得合不拢嘴。我把这个画面深深印在脑海里，说：“我希望斯卡奇能在生日那天得到一只专属于她的独角兽。”

我睁开双眼，闹铃开始响起来。我俯身去把它关掉，嘴里喃喃自语道：“我明明没有设定闹钟呀，今天可是星期六！”

我拿出我的愿望清单，开始更新上面的内容。

阿奇·克拉姆的愿望清单

1.Xbox游戏机和比萨

2.成为全世界收藏贴纸最多的人

3.冰激凌车

4.报复“贝贝帮”

5.给斯卡奇一只独角兽

6.

7.

8.

9.

我按捺不住激动和高兴的心情从床上跳起来，决定做煎饼庆祝一下。这是妈妈最爱的食物。在我小时候，我们时常说起以后我们一定要开一家煎饼店，出售几百种不同馅料的煎饼。她教会我如何制作，如何把饼煎得薄薄的，如何把它完美地翻过来。多亏她教导有方，否则我就只会加热罐头食品，而且汤、豆子和意大利面也总有吃腻的时候。我们还想好了煎饼店的名字，就叫作“美翻天煎饼店”。

我吃煎饼的最高纪录是6个，但也仅限柠檬口味的甜煎饼，如果加了巧克力和香蕉就会吃撑。妈妈以前喜欢一开始先给我煎一个奶酪馅的咸煎饼，现在我自己掌勺了，我可以随心所欲地加自己喜欢的东西进去。这也是她卧床不起的好处之一——我可以做自己的事，自己做决定。有时候看到其他被家长管束的孩子，我都会对他们深表同情。

有一次我在公园看到一个孩子，他应该跟我差不多大，腋下夹着一块滑板。他妈妈正帮他把护肘和护膝戴上。她一通手忙脚乱，折腾半天才帮他把头盔系牢，俨然一副她儿子要上外太空的架势。我不由得想这个可怜的孩子肯定会从滑板上摔下来。我猜这就有点儿类似于向宇宙传递信息，只不过这个妈妈传递的尽是焦虑，最终的结果只会让她最不想发生的事发生。她不停地告诉他该怎么做。

“一只脚往后放，展开双臂保持平衡，双膝保持弯曲。”

我很想大喊道：“别去管他，女士！就让他摔倒吧！”

但显然，我没有喊出口。只要他稍微一晃，她就倒抽一口气或发出尖叫。她不让他滑下斜坡。把他带来公园玩滑板，又不让他滑下斜坡，那还有什么意义？！

我妈妈才不在乎我滑下了哪个斜坡。毕竟她一开始就不会陪我来公园。

我一边搅拌面糊，一边想知道独角兽到达了没有。我想象着斯卡奇看到它时的表情。

我把3个煎饼拿上楼给妈妈，她正闭着眼睛靠在床上。

“煎饼来了！”我把煎饼放在床边小声说。她看着我，仿佛我根本不存在似的。

随后她回过神来，看着我说：“你要去你爸爸那儿吗？”

“是啊，他们下周末要出去，所以我改为今天去了，就今天下午。”

“为什么不今天早上去？”她问。我能从她的语气里听出她又陷入了某种坏情绪中。有时候一到了去爸爸家的日子，她就会变成这样。

“他今早不想见到你吗？”她厉声问。

“今天是斯卡奇的生日。”我咕哝道。

“今天吗？你一定迫不及待了吧。巴不得去他们那完美的房子里和他们那完美的小家庭度过一段完美的时光，而不是像现在，和这样的我困在这样的家里。”

“妈妈，你知道我更喜欢跟你待在一起，但我必须走了。”

“必须！哈！”

我深吸一口气，走出了房间。在她情绪上头的时候跟她说什么都是白搭，她只会更加来气。

有一次她又开始冲着我喋喋不休，说什么我讨厌她，还躲着她，这让我难受极了。我回想起那些悄悄离开她房间，或不想再听到哭声的日子。每当我向她道歉，她就会把被子盖在头上，说我是自私的小混账。我永远也不会忘记她骂我时恶狠狠的语气。自私的小混账，听上去她似乎对我恨之入骨。所以现在，尽管掉头就走会让我过意不去，但我知道留下来只会让我更加难受。

我恨不得马上到两点半，这样我就能出门去见斯卡奇了。

我收拾背包，把我最干净的一套睡衣和给斯卡奇的贺卡塞进去，还收集了一些贴纸给她。我想她一定会喜欢带有甜甜水果香味的贴纸，所以我抓了一把放在前面的口袋里，我还把能找到的所有独角兽贴纸也一同放了进去。妈妈仍然没有发现我房间里的贴纸堆得比山还高，只留下一条小道通往床铺。

一到两点，我就挎上背包，对妈妈大喊一声："再见！"她没有回答。我跳上杰克，往爸爸家骑去。虽然我会提前到访，但他们也只能忍忍了。

车骑到半路，正当我穿过住宅区时，一阵强风差点儿把我从车上刮下来，一片鲜红的树叶打在我的脸上。自行车开始摇摇晃晃，我不禁担心又要摔个脸朝地。但我设法控制住了歪歪扭扭的车把，风把树叶从我脸上吹到了空中。我突然感到背脊一阵发麻，在那一刻，我知道我的愿望实现了。

我蹬得更快了，心脏咚咚直跳，寒风刺痛我的脸颊。我迫不及待想看到斯卡奇的脸。我不知道到达之后会看到什么，但不管是什么，它一定会令人叹为观止！人们将会围得水泄不通，电视台摄制组将会不顾一切地想一睹为快，我们将会一夜成名——史上发现真正独角兽的第一人！

我把车停在爸爸家门口，兴奋得头晕目眩。可一切看上去平静如常，没有人群，也没有摄像机。我想也许这一次的愿望并没有成功吧。但透过前窗，我看到爸爸和朱莉在冲着对方大喊大叫，气得手臂胡乱挥舞。我听到爸爸大嚷道："我绝对没有买这个愚蠢的东西！我哪知道它是从哪里来的！"

我暗暗地笑了起来。愿望实现了！

我敲了敲门，听到朱莉气呼呼地低声说："哦，真是棒极了，现在阿奇也来了！来得真是时候！"爸爸示意她安静，然后打开门，脸上咧开一个大大的假笑。

"阿奇！很高兴见到你，伙计。"

骗子，我想。

"来得这么早呀！"朱莉说，嘴角挂着的笑容不能更假了。

"斯卡奇在哪里？"我一心想尽快摆脱他们。

"斯佳丽正在后花园呢。"朱莉说。

"阿奇，说实话我们今天发生了点儿小插曲。她有点儿兴奋过头了，别再叫她太激动了，好吗？"我正往后门走去，爸爸又补充道，"我们从儿童游乐园回来时，没想到一场惊吓在花园里等着我们。我和朱莉得想办法处理这个问题，在此期间，要是你能照看好他们俩，那就再好不过了，儿子。"

"没问题！"我努力掩饰内心的澎湃。

我打开门，准备好大吃一惊地迎接那个堪比奇迹、超越可能、前所未见的东西。我甚至期待着音乐开始奏起，亮片从天而降。当我看向花园时，首先映入眼帘的是斯卡奇，她正一脸陶醉地哼着小曲儿。顺着她的目光我看到一匹长得像设得兰矮种马的小马，头上绑着的显然是一只硬纸板做成的角。我定睛一看，发现这只角被一根松紧带系着，从小马的头上歪下来，一副俏皮的模样。我不知道该笑还是感到被骗了。斯卡奇抬头望向我，眼里闪烁着由衷的喜悦。

“阿奇，它实现了！”她尖叫道，“我的生日愿望实现了！它一定是你见过的最漂亮的东西，对不对?！”

我意识到一个愿望的实现或许对不同的人来说有着不同的意义。这可能不是我心目中的独角兽，但对斯卡奇而言，没有什么比站在她面前的独角兽更真实的了，这就是魔法。

“是的。”我说，“它叫什么名字？”

“神秘的神奇火花三世。”

“好名字。”

“你能相信吗？”她问。

“不，我还不太能相信。”我说。“神秘的神奇火花三世”站在修剪得整整齐齐的小草坪上，似乎正在排出它的第四坨巨型便便。

“我告诉过你独角兽是真实存在的。”斯卡奇认真地说。

“我从来不知道独角兽会拉这么多便便，你知道吗？”

“不知道！”她欣喜万分地说，仿佛独角兽便便就是世界上最棒的东西，“而且它还会撒超大一泡独角兽尿尿，把妈妈气坏了。我超爱它。”

“你想坐在它的背上吗？”

“想！”

正当我把她举得高高的时候，我听到一阵重重的敲窗子的声音，朱莉满脸怒火地站在窗边。她挥舞着双手，大喊着什么。我也愉快地朝她挥了挥手，继续把斯卡奇举到属于她的长着硬纸板角的独角兽背上。

“希望你每一秒都过得开心！”我在她的小耳朵边轻轻说，“在你的脑海中拍下照片，永远记住它。”她的眼睛像照相机的快门一样眨了眨，试图将照片储存在她的脑海里。我知道她将永远不会忘记这个生日。

“每当你觉得有什么事情是不可能的时候，就想想它，好吗？你脑海中的照片会提醒你，一切皆有可能。”

我感到很欣慰，为她做这件事的人是我。

“抓紧了！”我说。“神秘的神奇火花三世”低下头在完美的草坪上咀嚼。

朱莉穿着一身干净洁白的裙子勃然大怒地冲进花园。

“马上从那个鬼东西上下来！我们不知道它从哪里冒出来的，说不定它满身的病！”我不确定设得兰矮种马是否以疾病缠身而闻名，正打算这么说，但朱莉看上去气得够呛，我决定还是保持沉默。正当她朝我们走来时，她没有看到“神秘的神奇火花三世”新鲜出炉的那一坨热气腾腾的便便，不小心一脚踩滑，一屁股摔到了地上。

“这绝对是有史以来最棒的愿望……”我笑嘻嘻地低声对斯卡奇说，她用她的小胳膊搂住我的脖子表示同意。

第十一章

发生了什么并不重要，重要的是如何应对。

——卢卡斯·贝利

曾经有一个老太太给了我一颗橄榄，我把它吐回到她的手里。

——阿奇·克拉姆

“所以它不是真正的独角兽了？”冒斯说，我在星期天喝茶的时候告诉了她。我们坐在她的床上，准备看昨天比赛的回放，弗朗普依偎在我们中间。

“不是，从严格意义上来说不是。但对斯卡奇而言它就是货真价实的独角兽，所以我的愿望也算实现了。你真该看看爸爸和朱莉的表情，简直太搞笑了。”

“他们要拿它怎么办？”

“朱莉给方圆几里内的每个农场都打了电话，没有人丢了小马！真是太精彩了，她不停念叨着‘咦，这不可能凭空变出来呀’。我真想告诉她，说不定还真是呢！最后她找到一家动物收容所，他们明天就来把它带走。那位女士人很好，说斯卡奇可以随时去看它。”

“我还是认为这并不能证明什么。”

“那不然它是怎么到那里的？”我的嗓门略高，把弗朗普吓了一跳，钻进了我的膝盖底下。

“我怎么知道！说不定是朱莉家人开的一个玩笑？说不定它从别人的花园里溜达出来，不小心闯入了你爸爸家？”

“哦，它只是碰巧头上绑了一只角吗？”

“我敢说在我们说话期间，全国到处都有可怜的小马被打扮成独角兽的模样。这肯定不能证明你的愿望实现了。”

“反正我相信这是真的！”话一出口，我就立刻陷入了自我怀疑。冒斯总有办法让我质疑一切。我终于知道为什么她长大后想当一名律师了，凡事她都可以争论到底。如果她想让我怀疑我的名字不叫阿奇·克拉姆，我敢打保票她一定能做到。

“这意味着你只剩下4个愿望了，我认为在你说出下一个愿望时，要小心你的措辞，搞不好你想要的和你最终得到的天差地别。独角兽和绑着纸板角的小马就完全不是一回事儿。”

“但斯卡奇可不这么认为。”我说。

“说是这么说，但常言道，许愿要谨慎！”

“好吧，关于‘贝贝帮’的愿望我许得挺不赖的，等到星期一你就知道了。我认为她们横行霸道的日子不长了。”

“噢，说到这！你到底许了什么愿望？”

“我希望能报仇雪恨！”我假装邪恶地大笑一声。

“但你具体说了什么，阿奇？”

“希望人们都去嘲笑她们，或希望她们也尝尝被嘲笑的滋味，或……嗨，我记不清了。反正准能让她们好看，我向你保证。”

我骑着杰克回家，背包里装着暖暖的千层面，一路上我开始思考下一个愿望。我想这次不能操之过急，得先明确自己到底想要的是什么。冒斯说得对，措辞至关重要。我要怎样才能确保获得一只真正的独角兽呢？要是我当时说的是“希望斯卡奇能得到一只真正的独角兽作为生日礼物，就像故事书里的那样”，而不是“希望斯卡奇能得到一只独角兽”，或许这样才能成功。许愿这档事太复杂了，首先你得弄清楚自己想要的是什么。

打开家门，屋里显得昏暗又悲伤，每个从冒斯家回来的夜晚都是如此。客厅里的霉味越来越刺鼻，墙上甚至长出了一块潮湿的霉斑。我不禁在想是否该许愿要一栋新房，但其实我还挺喜欢这栋房子的。如果一切都能像过去那样，房子也不至于那么差，那时爸爸和妈妈还没开始争吵，那时还没有朱莉。

以前的家总是令人感到温暖又安心。妈妈忙里忙外，每当我上床睡觉时，总能听到楼下的动静，我还可以懒洋洋地躺在爸爸的膝盖上观看电视里的足球比赛。我不是很了解比赛规则，我甚至不知道什么是越位。我只想和爸爸待在一起。那时墙上还没有黑色的霉点，这栋房子仿佛知道我们过得不开心。

不过话说回来，如果我希望妈妈和爸爸不曾分开，那就不会有斯卡奇了，所以我不能这么做。有些事情是无法靠愿望解决的。我看着这个霉点，心想，但有些事情可以靠我去解决，而无须依赖愿望。不用魔法我也可以让它实现。整个晚上，我都摇摇晃晃地站在沙发靠背上，用沾了肥皂的海绵擦洗那块霉斑，直到看不见为止。我对自己露出微笑，这种感觉太畅快了。

星期一早上，当我和冒斯说再见并走进教室时，贝拉和贝尔把我绊了一跤。我摔倒在她们脚边，鼻子狠狠磕在菲利克斯·拉顿的桌子上，鲜血从我的鼻孔里喷涌而出。全班同学都围过来看这出戏，走廊上的孩子则挤在门口看热闹。

"可怜的阿奇·克拉姆。"贝尔奚落道，她和贝拉挽着胳膊弯下腰来，沾沾自喜地咧嘴大笑。

我站起身，试图阻止更多的血流出来，这时我感觉到了异样。一阵战栗隐隐爬上我的背脊，其中一扇窗户被风吹得咔嗒作响。

"贝尔，要是你觉得他可怜，干脆把他扶起来得了！"贝拉嬉皮笑脸地把她往我这边推，她们的胳膊仍然挽在一起。贝尔向前一步，没有看见脚下有一摊血，她一脚踩滑扑向地面，把贝拉也拽了下来。随着一声落地，我听见人群都倒吸了一口气，随后愿望开始起效了。教室里鸦雀无声，正当她们俩狼狈站起身来时，一声巨响贯穿人群，在场的人都听得清清楚楚。

噗——

这是我听过的最响亮的屁。

一阵目瞪口呆的沉默之后，全场爆发出尖叫声、号叫声和呐喊声。没人知道是“贝贝帮”中的谁放的，也没人在乎这一点。有人伸出舌头发出噗噗的声音，有人指指点点，哈哈大笑。冒斯在门口冲我眨眨眼，用嘴型问：“你还好吗？”我点点头，也向她眨眨眼。人们开始为“贝贝帮”起新的外号。

“屁屁帮！”

“蹦屁帮！”

“噗噗帮！”

贝拉和贝尔唰的一下涨红了脸。有那么一会儿，她们一脸茫然，似乎有点儿手足无措。但很快贝拉的眼神变得冷酷无情，她做出了选择。

“哎呀，贝尔，臭死了！”她的嗓门之大，大半个教室都听到了。大家闻了闻空气，抱怨声铺天盖地地传来。他们要么捏着自己的鼻子，要么把头埋进T恤衫里。贝拉迅速站起来，正要迈出一大步摆脱贝尔，这时又一个大屁响彻空中。

噗——

这次显然出自贝拉。人群转向她，指着她歇斯底里地狂笑不止。

“赶紧散开！回到你们的教室去！”马瑟夫人的声音穿透挤在门口的人群。

“噢，我的天哪！”她看着地上的血说，“这里发生了什么？”

“他自己踩到我的脚绊倒了，夫人，真的！”贝拉马上说，“然后贝尔被他的血滑倒了，还放了个屁。”大家扑哧扑哧地笑了起来，贝拉一副胜利在握的嘴脸。

我想，我不能改变人的本性。

冒斯挤进教室，给我拿了些卫生纸擦鼻子。

“太神奇了！”她低声说。我们都看向面红耳赤、愁眉苦脸、气焰泯灭的“贝贝帮”，也咯咯地笑了起来。

第十二章

对我而言，所谓冠军，就是即便独自一人，也能低着头，在痛苦和汗水中不断前行。

——卢卡斯·贝利

如果我痛得满头大汗，我就会低下头来，恨不得洗个澡，再吃点儿止痛药！

——阿奇·克拉姆

球队选拔赛那天，我发出信号声后，冒斯穿着她的幸运球服走出来。

“我今天有一种很好的预感，阿奇！我想是时候到我大显身手了！”

“我记得你说过他们不会选你，因为你是唯一的女孩。”

“是的，但后来我写了一份关于体育界性别平等的演讲稿，准备在大会上发表！我倒是要看看，在听完我的演讲后他们还会不会忽视我！”

“没有人会忽视你的，冒斯，我敢这么断定。”我们继续沿着路边走。我一想到选拔赛，一股恐惧感就袭上心头。

昨晚我带着足球去道路尽头的荒地里练习。我想，与其坐在房间里为了选拔赛忐忑不安，不如出去动起来——看看我的踢球水平到底如何。

到达之后，我试着练了几下颠球。没有人在一旁等着我犯错，也看不到他们满是讥笑的脸，我一开始踢得还挺不赖。当我独自一人或和冒斯在一起时，我的表现往往会更好，我甚至还打破了我的个人最佳成绩4个。但我的脑海中总会有一个小小的声音悄悄地钻出来。

你还不够优秀。

你绝不可能晋级锦标赛。

他们甚至不允许你在午餐时间踢球。

每蹦出一条消极的想法，我就会接不住球，或踢得太用力，这让脑海中的声音愈发刺耳。也不知道是不是真的，我觉得自己现在踢得更烂了。

我们走到公交车站，冒斯让我坐下来，观看她完整演讲一遍。当她列举著名的女运动员时，她的声音慷慨激昂、铿锵有力。一个推着购物车的小老太太走过来，坐在我们身边。你或许认为冒斯会停下来或降低音量，但她并没有，老太太的出现只会让她更有动力。冒斯把全部精力都集中在她身上。

“这些女性付出了巨大的牺牲才登上顶峰，我们年轻一代应该回报她们更多。”

小老太太笑盈盈地看向我，似乎很高兴能参演其中。冒斯随即压低声音，不再看稿，试图赢得老太太的一票。

“没有人想要一生碌碌无为，学无所获，也没有哪个女性想在赢得选票、步入职场的时候，却被告知‘就这样吧，差不多得了，女士们，有些事你们是无法胜任的——男人比你们强大多了，这就是生理上的事实，识趣点吧’。”

老太太从购物车里拿出一袋枣，递给我一个。我想起了橄榄事件，礼貌回绝了她。冒斯继续滔滔不绝：“我，本人，对此深恶痛绝！女孩需要被赞美、捍卫和鼓励参与进来，根本不存在女孩的运动或男孩的运动这回事儿。这种观念时至今日仍然偷偷混进我们的教育里，我们必须摆脱这种过时的态度。女性也要踢足球！！”

我和老太太拍手叫好。

“说得好，亲爱的。”老太太说，“这是为了学校的演出吗？太精彩了。”

在大会上，冒斯倾尽全力地演讲，听得大家群情激昂。在结束的时候，全校师生都开始跺脚附和，女孩们则高声呐喊。冒斯给大家深深鞠了一躬，但当她走下舞台时，我能看出她的不悦。

“费尔先生在哪里？”她一边小声问，一边挤到我身边，“他看到我的演讲了吧？”我环顾四周，发现大厅里唯一的老师是克劳瑟小姐，她身材娇小，声音轻细，教的是小班。她正忙着看平板电脑，根本没空听演讲。我能看出冒斯有多沮丧，我很想帮她做点儿什么。

我靠过去小声说："我可以帮你……"冒斯立即知道了我的想法。

"不！阿奇，这是作弊行为。我想参加锦标赛，是因为我能踢好足球。答应我，不要许愿，无论是为你还是为我，好吗？"

"好吧，我答应你。"我闷闷不乐地说。

到了放学后的选拔赛，我们被分成五人一组。费尔先生说："你们至少有三场小比赛来展示你们的看家本领。比赛结束后，我将列出七名球员和两名替补的名单。"

无数孩子前来观赛。贝拉坐在操场的一头，贝尔坐在另一头。自从放屁事件后她们俩就再也没说过话了。

我四下张望，看到杰登·托马斯、基特·帕森斯和索尔·雷德芬都在做热身运动，他们踮起脚尖上蹦下跳，十分有专业足球运动员的范儿。我也试着学他们跳动，但毫无节奏感可言，看上去就像疾病发作了似的，我只好停了下来。我看到身穿球服的冒斯面色凝重，她正向前拉伸双腿，像其他男孩子那样专业。正当我认为自己真不该待在这里时，费尔先生拍了拍我的头说："阿奇，你是五队。好了，一队在那里，二队在那里，三队在那里，四队在网边，五队则留在这里。以上就是你们的队伍。你们有5分钟进行热身，并决定你们的位置。"

他的话音刚落，我就知道我是守门员没跑了。这是个无人青睐的位置，做守门员毫无乐趣可言。如果你赢了，没有人会认为是你的功劳；但如果你输了，所有人都会认为是你的失责。就在我陷入沉思时，基特·帕森斯望向我说："你来守门，行吧？"

冒斯正和她的队友们一起。杰登·托马斯叽里呱啦说个不停，他这人相当阴险恶毒，自从他和贝拉开始约会，他就成了"贝贝帮"的荣誉成员。我连"约会"是什么意思都不知道，但我想他们俩也不懂什么叫正儿八经的"约会"。他们只会在操场上你推我我推你，然后一起对其他孩子冷嘲热讽。昨天在餐厅里，贝拉把他推到我和冒斯身上说："你碰到他们了！这一周我都不想靠近你啦！"说完笑嘻嘻地跑开了。我能看出冒斯十分不乐意跟他一个队。费尔先生吹响了哨子，比赛开始了。

两场比赛下来，我的球队赢了一场，输了一场。虽然没拦住几个球，但目前为止，我还没有完全让自己出糗。我专注于大声鼓励我的队员们，就像电视上守门员做的那样。我回想起贴纸上的所有名言。

"相信你自己，基特！你能做到的！"

"继续努力！不要放弃！"

"团队精神才能使梦想成真！"

我不确定这是否管用，但我们表现尚可，也没有人让我闭嘴。要说有什么效果的话，那就是让我感到自己起码还有点儿用处，我也不再耿耿于怀于那些没接住的球了。每场比赛结束后，我们都会围成一圈，拍拍彼此的后背，但大家什么都不说。我想起了山谷流浪者球队经理在每场比赛后所接受的采访，然后试图模仿他。

“踢得漂亮。再接再厉，我认为你们一定都能进入球队的。只剩下最后一场比赛了，费尔先生正在看着我们，让我们全力以赴吧。”这似乎颇有成效，他们都开始更用力地拍打对方的背，并大吼道：“好！”

“加油！”

“我们一定能获胜！”

最后一场比赛我们对阵冒斯的球队。她一脸受够了的表情，走上球场的时候嘟嘟囔囔地说：“杰登·托马斯叫其他人不要把球传给我。”

哨声响起，基特立即接球射门。比赛到了最后一分钟，我们队以5比4领先，冒斯感到心灰意冷。她的队友似乎忽略了她的存在，任凭她大喊大叫着给她传球，他们全都视而不见。我一次也没见她碰过球。费尔先生看了看表，眼看着就要吹哨子了。我真心希望冒斯能进入球队，她看起来如此心碎，这太不公平了。当他们的守门员踢出比赛的最后一脚球时，突然局势大变。他不小心踢偏了，球滚向了冒斯。我想，这就是属于我的时刻。我知道我答应过冒斯，但眼下正是紧要关头。我必须许愿她能成功入选球队，这才是她应得的。我试着想象冒斯参加锦标赛的样子，但脑海中浮现的却是我站在卢卡斯·贝利的身旁，一脸胜利的模样。我拼命摇头，试图在脑海中勾勒出正确的画面，但我那张傻乎乎的脸却不断闪现，我沉浸在人群的欢呼声中，举着奖杯咧嘴大笑。就在她要踢球的一瞬间，我设法大声说出来，不料却说错了话，我本想说“我希望冒斯能参加锦标赛”，但脱口而出的却是“我希望我能参加锦标赛”。在她的脚碰到球的一刹那，一阵狂风刮来，她失去了平衡。她一脚把球猛踢到空中，一屁股重重摔到地上，大家都扑哧笑出声来。杰登·托马斯率先触球，经过几次漂亮的控球后，他把球踢向我。球在空中似乎变成了慢动作，它朝着右上角飞来，我知道我能及时扑向它。我奋力一跳，就像个专业运动员一样。我的手套指尖正好碰到球，然后轻轻把它推过了球门横杆。这是我这辈子最精彩的一次救球。哨声一响，我的队友们就冲过来祝贺我。我的视线越过他们，看到冒斯冲着我怒目而视，连连摇头。她知道只有魔法才能让我完成这样一记神奇的救球。

这些年来，她一直在她的后花园里和我练习点球，我从来没有展露过那样的身手。忘掉独角兽和冰激凌车吧，哪怕只有一刹那，我在足球方面的优异表现就足以让冒斯相信这不是巧合，这就是魔法。我回想起今早对她的承诺，我到底做了什么？

当费尔先生宣读被选上的球员名单时，我能感觉到她的目光一直盯着我。那些发挥出色的人都入选了，基特、杰登和丹·多尔都在名单上。他接着开始念替补球员的名单。

“第一个替补是布兰登，因为他的优秀防守。”我松了一口气，或许愿望没起作用，或许他不会念到我的名字。“第二个替补，不仅因为他在最后一刻奇迹般的救球，还因为他的团队精神和积极态度，他就是……”别说出来，求求你别说了。我看了看冒斯，然后把头埋进手里。他继续说道：“阿奇·克拉姆。”当我抬起头寻找她时，只见她的幸运球衫背面渐行渐远。

她永远都不会原谅我了。

第十三章

只需要保持你现在的样子，你就一定能大放光彩。

——卢卡斯·贝利

我的裤子太小，身上的T恤衫还沾着意大利面的酱汁——这就是“我现在的样子”。

——阿奇·克拉姆

“这是一场意外！”我大叫道。冒斯在我前面的鹅卵石路上狂奔，我试图跟上她的脚步。她没有回头看一眼，我都快跟不上她了。

“我不是故意这么做的，真的。”我用力喊道，“我当时想许愿让你入选球队，没想到说错了。”她突然停下脚步，转过身来，面对着我走回到山上。她那暴怒的表情让我宁愿继续盯着她的后脑勺。

“这么说来，你没有说‘我希望冒斯能入选球队，因为她当之无愧’，而是说‘我希望我能入选球队，尽管我技不如人’。”

“没错！”我说，看样子她终于理解我了，我松了一口气。

但她的情绪似乎并没有好转，她接着说道：“你听过我的演讲，你知道这对我来说有多重要。你还答应过我！”

“我知道，我很抱歉。”我咕哝道。

“我想这只能说明你到底是个什么样的朋友，阿奇，也许不是我想要的那种。真是谢谢你了。”

“这是一场意外！”

“不，阿奇，问题在你！你说出口了，你去想象了。你明明可以掌控自己的命运。”

“可是我……”

“我知道这对你来说很困难，阿奇。但有那么多愿望可以选择，而你偏偏选了一个自私的愿望。”

“你根本不知道没有一技之长有多痛苦！”

“也许你没有一技之长，是因为你一直告诉自己你就是这样。别再自怨自艾了，真的很没劲。”她愤愤说出的最后一句话令我心头一惊，几乎和贝拉或妈妈心情不好时对我说的如出一辙。我做梦也没想到冒斯会这么对我。

我心中的怒火越烧越旺，仿佛我所面对的不只是她，还有贝拉、贝尔、妈妈、爸爸，以及所有曾经让我难过的人。

“你说得倒是轻巧——你有着完美的房子，还有完美的父母。也许你也算不上什么好朋友，冒斯。你有没有想过我回到家是什么感受？没有——因为你根本就不在乎。你假装不知道我连买一件合身衣服的钱都没有，你从来不过问我那精神崩溃的妈妈，你也听不见我肚子饿得咕咕直叫。像你这样的朋友，我不要也罢！”

我们都陷入了沉默。“阿奇，我不去过问，是因为我不想让你难堪。”最后她十分平静地说，“但如果你是这么想的话，看来我们是真的不适合做朋友。”她转身走进屋子，头也不回地关上了门。

所有的怒火都烟消云散，我感到难受极了。我和冒斯从来没有闹翻过，除了我们6岁那一次，我不小心坐在了弗朗普身上。所幸它并无大碍，但冒斯却气得不轻，她整整一天都没跟我说话。

事后她向我道歉，她妈妈告诉我冒斯的祖父身体不适，她并不是真的气我坐到弗朗普，而是为祖父的事感到心烦意乱，继而把怒气撒在我身上。说来也怪，有时人们在为一件事伤心之余，又会为其他种种事情大发雷霆。就像妈妈骂我是自私的小混账那样，我想她正在为别的事哀伤吧，我也不清楚。

但冒斯确确实实生我的气了，这一点我倒是很清楚。

我一边踢着地面，一边往家的方向走。但走到前门，我又不想进去了。有时候在家里比在外面更让我感到孤独，所以我继续往前走。

我走到公交车站坐下。无论去到哪里，孤独感总是挥之不去，就连在冒斯家也不例外。我坐在他们的餐桌前，吃着她妈妈做的咖喱，听着他们互相调侃，感觉自己就像个外人。在班上也是如此。我被30个手舞足蹈、相谈甚欢的孩子包围着，仿佛置身于另一个世界。

在家里，有个卧床不起的妈妈让我倍感孤独；而在爸爸家里，他那虚伪的笑容和谎言也让我感到格格不入。

透过候车亭脏兮兮的玻璃，我看到一群年轻人在嬉戏玩闹，把一个交通锥筒抛向空中。我想知道这个世界上是否有跟我同病相怜的人。我的脸颊开始发烫，喉咙里隐隐作痛。但我不想像妈妈那样，一遇到事就哭哭啼啼，所以我强行把痛楚咽了下去，大口大口地呼吸。

“阿奇！我就说是你嘛。”

我抬头一看，原来是身穿粉色跑步服的朱莉。她一边盯着我一边在原地慢跑。哽在我喉咙里的肿块还没完全消失，我没有把握能开口说话，只好挤出一丝微笑。

“你在等公交车吗？”她边跑边问。

“不是。”我含糊不清地低声说。

我能看出她一时不知该如何回应，我很好奇她是否会发出似笑非笑的叹气声，但边跑步边叹气怎么看都很奇怪。

“那好吧，回头见了，阿奇。”她挥挥手，继续往前跑。

“祝你们房车之旅玩得开心。”我喃喃说道，话一出口我马上就后悔了，肿块一下又蹿回到喉咙里。

她放慢速度，转过身来看着我。

“你妈妈知道你一个人在外面吗？”她问。

“我又不是三岁小孩。”我嘀咕道。

“我知道。很抱歉，只是你看上去很……”

“我很好，不打扰你跑步了。”

“好吧，你确定你真的没事？”

我点点头，不再看向她，直到我听见她叹着气跑远了。我再次孤身一人，没有朋友，没有关心我的家人，只有一大块东西堵在我的喉咙里。

第十四章

只要目标定得高，你就有机会击中月球。

——卢卡斯·贝利

上次点球的时候我被球绊了一跤，我连网都没有踢中，更别说月球了！

——阿奇·克拉姆

冒斯依然对我不理不睬，学校生活每况愈下，周末似乎漫长无比。

更新后的愿望清单如下：

阿奇·克拉姆的愿望清单

1.Xbox游戏机和比萨

2.成为全世界收藏贴纸最多的人

3.冰激凌车

4.报复“贝贝帮”

5.给斯卡奇一只独角兽

6.参加足球锦标赛

7.

8.

9.

我决定开始着手解决贴纸山的问题，并花了整个周末把它们分门别类。

动物贴纸

足球贴纸

迪士尼贴纸

香氛贴纸

立体贴纸

漫威贴纸

我不知道没有了冒斯我该如何把它们卖掉。也许她说得对，我之所以什么都做不好，是因为我告诉自己我就是这样的人。也许我得开始告诉自己一个不同的故事了。

“我可以靠自己卖出大量的贴纸。”我大声说，但多少有些半信半疑。于是我又尝试多说几句积极的话：

“我很擅长踢足球。”

“我很擅长绘画。”

“我很擅长数学。”我停下来，想到了冒斯。

“我是一个很好的朋友。”我对自己说。我掏出卢卡斯的贴纸，告诉他：“我是一个很好的朋友，卢卡斯。或许以前还不够好，但我想以后做得更好，这才是最重要的，不是吗？”

他只是用他那和蔼可亲的表情饶有兴趣地看着我。我知道如果此时他在我面前，他会对我说什么。我不能就这么干坐着许愿和等待，而是要采取行动。

我一跃而起，骑上杰克出门。我要去找冒斯，试着挽回这一切，而不仅是靠许愿。

“咕咕。”这是我第5次发出信号声。正当我准备放弃，转身离开之际，前门打开了，但开门的不是冒斯，而是佐伊。

“恐怕她不会出来了，阿奇。无论你叫多少声也没有用。”

“好吧，对不起。”我说，“那我回去了。”

她走出前门，说：“你们俩怎么了？”

“我做了件蠢事。”我咕哝道。

她点点头，表情温和地说道：“希望你们能和好如初。我知道她看上去很坚强，阿奇，但她的内心十分脆弱。她需要你，就像你需要她一样，你知道的。”

“我知道。”我用力地吞咽了一下。要是我那唯一的友谊被我，我那愚蠢的愿望和大嘴巴彻底摧毁了，我该怎么办？要是冒斯再也不搭理我，只剩下我孤苦一人，终日在床上痛哭流涕，又该怎么办？

“要不你明天再来吧，”佐伊温柔地说，“等她平静一点儿再说，怎么样？到时你再跟她好好道歉。”

我点点头，因为说不出话来，然后掉转车头。

“等一等，阿奇。”佐伊说，“还有件事我想跟你谈谈。”

但我没有停下来。我假装没听见她的话，蹬上车就走，风呼呼地拍在我的脸上。

回到家，我拿出一罐意大利面坐在沙发上，觉得自己太可悲了。我想了想爸爸、朱莉和斯卡奇一家人在房车里度过愉快的周末，觉得自己更可悲了。我又想了想没有冒斯的生活，觉得自己越来越可悲。再想一想自己被困在这个邋里邋遢的房子里，和卧床不起的妈妈一起度过余生，觉得自己简直不能更可悲了。

我回忆起我对冒斯说的话，以及她对我说的话，第一次怀疑我们到底是否该继续做朋友。也许我说的一切都是发自肺腑的。冒斯从来就不知道我的感受，她怎么会懂呢？她的生活和我的天差地别。我需要一个跟我更相似的人，说不定正是这样！

谁说我非得要那么孤独？我不需要冒斯、爸爸、朱莉、斯卡奇和妈妈。虽然我的愿望并不能改变人的本性，但说不定我可以变出一个新的人，一个能理解我的人，一个真正的好朋友，一个和我一样的人。

好了，阿奇，要确保你的措辞正确无误。我安静地坐了几分钟，盘算着接下来要说什么，然后闭上眼睛。

“我希望能遇到一个像我这样的人，另一个阿奇·克拉姆。”

我以为许愿会让我开心一点儿，可当我睁开眼睛时，糟糕的情绪却丝毫不减。我把卢卡斯贴纸从口袋里取出来。

“卢卡斯，我知道我不能这么许愿，但有没有什么办法能改变我的本性呢？”我盯着他，思考了一会儿，“一定有的，否则那些悲伤的人就会一蹶不振了。”我在口袋里翻来翻去，拿出空的贴纸包装把它抚平，上面赫然出现卢卡斯给我的回答。他这一句鼓舞人心的话似乎为了这一刻而生。

你无法永远追求幸福，但你可以追求希望。

我放下意大利面，使出浑身解数摆脱我的悲伤，并将其转化为别的东西。当然我无法想象出“快乐”的感觉，所以按卢卡斯所说的，我试着把它变成希望。要是真能奏效，那我就是不折不扣的魔法师了。

我挥掉那些悲伤的念头——房车、躺在床上的妈妈、冒斯受伤又愤怒的脸，取而代之的是那些让我充满希望的东西。我想起了冒斯躺在冰激凌车的地板上，身上沾满巧克力酱，开怀大笑的样子；我想起了斯卡奇抚摸着她的独角兽时，脸上那惊奇万分的表情；我想起了卢卡斯每次踢进制胜一球时，观众们欣喜若狂的模样。

这个方法开始起效了。我脑海中那些令我悲伤的画面渐渐暗淡，而那些让我充满希望的画面则越来越鲜明。仿佛在头脑中作画一样，我把所有向往的东西画出来，把所有厌恶的东西全擦去。当心里的悲伤消失后，我几乎感受到了快乐。就好像有魔法一样，我似乎在逐渐使我的愿望成真。

第十五章

如果你看到有人皱着眉头，给他一个微笑吧。

——卢卡斯·贝利

当贝拉皱着眉头朝我瞪眼时，我拿她试验了一下，结果她骂我是个一脸傻笑的白痴。

——阿奇·克拉姆

第二天早上去学校的一路上，我都在等待一阵狂风，一阵刺痛爬上背脊，以及一个男孩突然出现，伴我同行。无须多言，他就能心领神会我的想法。他和我有着同样的笑点，像我一样热爱收集贴纸。

我经过冒斯家，发出信号声，以防万一她原谅我了。我希望她能出现，希望一切都能恢复如初。但大门依然紧闭着，我再次发出信号声，隔壁的窗户打开了，那个脾气暴躁的男人探出脑袋。

“我不是告诉过你别再发出那个该死的噪声了吗？人家老

早就出门啦，你也赶紧给我滚蛋。”

我脚步拖沓着走向学校，在公交车站、操场上寻找冒斯，但哪里都看不到她的身影。

早上我们又有一次数学测验，但我连一个问题都答不上来。当把答卷传到前面时，我能感到自己的脸涨得通红。我想起了冒斯的理论，如果我什么都做不好是因为自我暗示的结果，那这个又算什么呢？哪怕我暗示了一天我是数学天才，满分20我仍旧只能得0分。再多的积极想法也无法改变这一点，我是绝不会浪费一个愿望在这无聊的数学上的！

上午课间休息后，马瑟夫人走进来，拍了拍手。我忽然感觉到一阵兴奋掠过我的背脊。我望向窗外，看到操场上的树叶在打转，我知道有事要发生了。

“谢谢，谢谢各位，请安静一下。”大家终于停止走动，她接着说，“今天来了一名新同学，”然后她径直看向我，“真是一个了不起的巧合——这名新同学和你们中一人的名字一模一样！”

我感到自己的脸像着了火似的。这根本不是我的意思！我记得我的愿望：我希望能遇到一个像我这样的人，另一个阿奇·克拉姆。

马瑟夫人继续说：“他们俩连生日都是相同的！从字面上看他们简直一模一样！”

我在座位上伸长了脖子，想看看我失散多年的双胞胎会不会走到我面前，他会不会也是一个瘦巴巴的男孩，一头歪七扭八的头发，穿着一条不合身的长裤。“希望你们都能表示热烈欢迎。同学们，他就是阿奇·克拉姆！”

在她说话期间，大家都看着我咯咯偷笑，窃窃私语。贾恩夫人领着一个高个子男孩走进来，他看上去年纪比我们都要大，手臂上肌肉发达，似乎还长着胡子。从字面上看，他跟我“一模一样”，然而实际上他跟我截然不同。我直瞪瞪地看着他，他向我们随意地挥了挥手。

马瑟夫人说：“好了，阿奇，鉴于班上也有一个阿奇·克拉姆，要不你坐在他旁边吧，我想你们一定想要认识一下对方。”

她指了指我，阿奇·克拉姆朝我走过来。

“嗨。”我紧张地尖声对他说。

“嗨。”阿奇·克拉姆用低沉自信的声音回应我，然后坐在我的身旁。

看到教室里坐着一个更瘦小、更苍白的自己，另一个阿奇·克拉姆似乎并不觉得惊讶。我猜他们准是提前告知他我的存在了。

“所以你的生日也是1月27日了？”我努力把声音压到正常的音调，但一不小心又太低了，听上去像在模仿一个老人。

“是啊，太疯狂了，不是吗？”另一个阿奇·克拉姆操着一口我从没听过的口音。

“你以前住在哪里？”我小声问道，马瑟夫人开始点名了。

“伯明翰。”他也低声说，“但我妈妈丢了工作，所以我们决定搬到这儿。”

他妈妈也丢了工作——就跟我妈妈一样！还没来得及多问，马瑟夫人就点了我们的名字。我们不约而同地答了声“到”，引起了一阵哄堂大笑。或许这正是我想要的，一个像我一样的人，但更高、更酷、更强。或许另一个阿奇·克拉姆可以保护我，就像我的私人保镖一样。

午餐时间的铃声响起，马瑟夫人让我带他去参观学校。

“把所有内部消息都告诉他，从一个阿奇·克拉姆到另一个阿奇·克拉姆。”她笑了笑说。我想她回到家后一定会告诉家人，今天学校来了个更强大、更优秀的阿奇·克拉姆，他们都会嘲笑我：“可怜的小阿奇·克拉姆。”

“咱们走吧，阿奇。我快饿死啦。”另一个阿奇说。他拍拍我的背，差点儿没把我拍飞。他真的太强壮了。

我们坐下来吃午餐，我难以自控地盯着他的小胡子看个不停，我太好奇它是软软的还是刺刺的了。整个餐厅的人都向我们投来目光，邻桌的几个女孩子指着我们交头接耳，但不是在说我们的坏话。她们似乎被他深深迷住了。

我很讨厌成为一个新人。在第一周你会备受瞩目，大家都会对你指指点点，大惊小怪，试图跟你做朋友。新鲜感一过，大家都对你失去了兴趣，你就跟普通的孩子没什么两样。就像有的出了名的流行乐队一样，在一曲走红之后，再也诞生不出新的热门歌曲了。

阿奇跟我说起他以前学校的老师。“他呀，可较真了。”

他随即模仿起他坐在椅子上往后靠的样子，“所以，孩子们，让我们摆脱这些形式，撕掉规则手册吧——大家都叫我格雷格。”

他说“格雷格”的模样太滑稽了，逗得我哈哈大笑。冒斯正好端着盘子经过，她看到我们，露出受伤又难过的神情。我很想追上去向她道歉，告诉她比赛的事是我错了——也许这另一个阿奇也是一个错误——但为时已晚，她已经走到餐厅另一头坐下了。

我的视线又转回到坐在这儿吃三明治的阿奇和他的小胡子，他继续拿他以前的学校开玩笑，很快邻桌的女孩们也跟着偷偷笑起来。依我看，阿奇保不准会一直大红大紫下去，大家对他的新鲜感永远不会消失。他真的太酷了。

午餐后我带他去足球场，一路上我告诉他学校的所有规则。当然不是官方的那些，而是一些愚蠢的潜规则，没有人会告诉你，除非你不小心违反了它们：

1.千万不要把最上面的扣子扣起来。如果你扣上了，人们就会对你破口大骂，我也不知道为什么。大多数孩子会把这颗纽扣剪掉，以防别人对自己下手。

2.不要老师一提问就举手回答，即使你知道答案。贝拉和贝尔会使劲挖苦这样的人，就像她们挖苦不知道答案的孩子（比如我）一样。

3.不要在吃完午餐后使用顶楼走廊的厕所。（不知道谁老是把便便糊在马桶上，有一次我没注意就一屁股坐了下去，把我给恶心坏了。）

4.不要在午餐时间吃胡萝卜，否则后果将不堪设想。有一次蒂米·汤普金斯吃光了他的胡萝卜后，整整一个月大家都叫他“花萝卜”，直到今天他仍然没有摆脱这个称号。

另一个阿奇·克拉姆对此不屑一顾，他笑着说：“我之前的学校也是这样。小孩子就是幼稚，不是吗？”

我们走到球场，丹·多尔看到我们后大喊道：“你们俩要不要来踢一场？”

杰登·托马斯接着说：“新来的，你可以加入我们的球队。”他看看我，补充道：“抱歉了，克拉米，没有你的位置啦。”

我望着这个跟我一样，但又完全不像我的男孩慢跑着离开，他回头对我说：“拜拜了，阿奇。”然后熟练地把球轻轻弹起，再一脚将球狠狠地踢入网中，这激起了队友们的一阵欢呼和呐喊：“好样的，阿奇，好球！”他笑着和他们依次击掌，看上去从容自如，仿佛他原本就是球队的一员。

虽然他和我有着相同的名字和生日，但这个阿奇·克拉姆和我完全不是同一类人。突然间我又开始想念冒斯了，我四处张望，希望能看到她，但她却不见踪影。

自那之后，所有的孩子都决定叫我克拉米，以便区分我们俩。为什么有的孩子能这么快就跟大家打成一片呢？真是太不公平了。我前两个愿望完全适得其反，这让我的孤独感更上一层楼了。

放学后，我正好走过停车场，看到贝拉独自在那儿等人。随后一辆银色的大奔驰停下来，一个西装革履的大人走下车。我放慢脚步，仔细观察他们。

“就为这我还得提前离开会议，贝拉，我真不明白你为什么要参加这个愚蠢的社团。”她爸爸一边说，一边把她的包放进后备厢。

“对不起，爸爸，我还以为是妈妈来接我。”贝拉嘀咕道。这是我第一次听到贝拉说对不起。她在她爸爸面前看上去很不一样，不知为何，她似乎更渺小了。自从她和贝尔绝交以来，她在学校也显得更渺小了——尽管她装作无所谓的样子。

“你都11岁了，老天爷，想成为奥运体操运动员已经太晚了。”他冷笑一声，而她越缩越小，“下次要去的话你自个儿走路去吧。”说完又哼了一声，就跟贝拉嘲笑我时的表情一样，“再说了，你个头儿太大，不适合练体操，而且还那么笨拙。”他们上车开走了。她坐在后排，凝视着窗外。贝拉显然已经尝到了被嘲笑的滋味，不需要我的愿望去教会她这一点。

第十六章

你的承诺决定了你的方向。

——卢卡斯·贝利

我毫无方向感可言。有一次我在阿斯达超市迷了路，整整两个小时都没找到出口。

——阿奇·克拉姆

这一周似乎无比漫长。我的愿望清单只剩两行空着了。妈妈说她“疲惫不堪”，整个星期都在床上哭泣或假装睡觉。冒斯不接我的电话，每次我去叫她，唯一回应我的只有她那怒气冲天的邻居。最后她家另一边的好邻居不得不出来，问我是否还好，我知道我不能再这么叫下去了。

另一个阿奇·克拉姆现在成了学校最受欢迎的男孩。我真想告诉所有人，他能出现在这里全都归功于我，他本应成为我最好的朋友——这才是原计划。他对我挺好的，但就是太忙了，没空成为我最好的朋友。除了字面意义，我们并没有太多共同点。他足球踢得游刃有余——我踢得一塌糊涂，他自信——我自卑，大家都笑他的笑话——大家都笑话我。我一直想挖掘出在内心深处我们是否有相似之处。

“我有全世界最多的贴纸收藏。”有一天他看到我在整理墙上的贴纸，我告诉他。

“什么？”另一个阿奇说。

“没错。我的房间堆得太满，连衣柜都打不开了。说实话还挺苦恼的。”

“你为什么有这么多贴纸？”

“说来话长。我想把它们卖掉——你要买一些吗？”

“这不是我的菜，阿奇。”他是唯一一个从不叫我克拉米的人，“不过我可以帮你宣传宣传。”

他确实帮我宣传了一番。因为他是全校最酷的男孩，我的贴纸生意日渐红火。二年级和三年级的孩子都来找我买迪士尼，四年级的沉迷于表情包，五年级和六年级的分成两派——香氛贴纸和足球贴纸。凡是他们想要的，我应有尽有，因此我在墙边的销售点前总是排着长队。我还隐隐期待着冒斯看到之后，会来叫我别在学校这么干，而是应该和她一起在公交车站进行。然而她什么话也没说。

在英语课上，我没有写藏头诗，而是草草记下目前为止许过的愿望，并思考着如果没有规则，我会希望得到什么。

阿奇·克拉姆的愿望清单

1.Xbox游戏机和比萨

2.成为全世界收藏贴纸最多的人

3.冰激凌车

4.报复“贝贝帮”

5.给斯卡奇一只独角兽

6.参加足球锦标赛

7.另一个阿奇·克拉姆

8.让冒斯再次成为我的朋友?

9.

放学后，我刚把前门钥匙插进去就听到了里面的电话铃声。我扔下书包飞奔进去接听。

“阿奇，是我。”冒斯说。她的声音带着浓浓的鼻音，仿佛患了感冒或大哭了一场，“你能过来一趟吗？”

“好的！”我说，“我马上过来。真的很抱歉，冒斯，我绝不是故意要……”

“别担心，忘了它吧，已经不重要了。”我知道一定出事了。

“这是什么意思？”我焦急万分地说。

“我们要搬走了，妈妈和爸爸刚刚告诉我的。房子已经开始出售了，我们准备离开了。”

“我马上就来！”我大喊道，然后放下电话，抓起外套，跳上杰克。

冒斯无论如何都不能离开。我绝不能让这件事发生。

到达之后，我扯着嗓子发出信号声，她立刻把门打开了，仿佛她一直在等待着。

“我们能去公交车站候车亭吗？”她抽了抽鼻子问。

“好的。”

一路上我们都沉默不语。冒斯的眼睛浮肿，脸颊上布满粉色的斑点，她准是哭了很久才会这副模样。

我只有一次哭得这么厉害，那是爸爸离开的时候。我哭得鼻青脸肿，胸口也疼了好几天。从那以后我就再也没哭过了。我太害怕了——害怕一旦开了这个头，胸口的疼痛就会卷土重来，永远都不会消失。现在每当悲伤的情绪涌上来，喉咙开始发紧，我就会把它硬压下去，直到平息为止。我有很多办法让自己忍住不哭，以下是我的独门诀窍：

阿奇·克拉姆的止哭大法

1.掐自己胳膊的内侧。有一次爸爸打电话来取消了我的周末来访，妈妈看到我这么干，她大发雷霆，说我需要找别的方法来调节自己的情绪，她给了我一个垫子让我捶。说实话，掐自己还是很疼的，所以在某种程度上这并没有让我好转，而是让我感觉更糟了。

2.转圈圈直到头晕目眩。只有当我想哭而又恰好在空旷的地方时才能这么做。有一次我在厨房里做豆子配吐司时曾这么干过。那天是圣诞节，妈妈躺在床上，说她没法下来（对妈妈而言圣诞节比平常的日子更难熬）。直到下午茶时间我才能去爸爸家。当我把豆子放进微波炉加热作为午餐时，我突然悲从中来，眼泪就要夺眶而出了，于是我转了20圈。停下来时，我东倒西歪地撞向墙上的锅架，一只炖锅掉下来正正砸到了我的脑袋。

3.大声说出我想要的贴纸。这样能分散我的注意力。这招儿在我拥有全世界最多的贴纸前还管用，现在已经完全失效了。有一次我去看牙医，心里害怕极了，于是我开始罗列贴纸清单。但莫顿医生打开我的嘴，让我没法说话，于是我又转为在脑海里罗列。但列着列着就乱套了，一滴泪珠悄悄地从我的左眼流下来。这让我很生气，从此以后我再也没去看过牙医了。就这样过了三年。我把所有的信打开，把牙医寄来的全撕掉，然后藏在黑色的垃圾桶里。如果我在街上看到莫顿医生，我也一定会藏起来。

4.大喊“香蕉”。有一次我骑着杰克去爸爸家，在路上链条断了，我从车上摔了下来。我们原本要一起去看电影，所以我一瘸一拐地推着车以最快的速度前行。终于到达之后，鲜血把我整条裤子都染红了，但我还是迟到了15分钟。门上有一张纸条，上面写着：对不起，阿奇，不得不抛下你了，我们几个小时后回来。我看着纸条，突然鼻子一酸，我紧紧捏着车把，用尽全身力气大喊了一声“香蕉”。一个推着购物车的老太太停下来看着我。我笑了笑，耸了耸肩。虽然有点儿尴尬，但这招儿还是管用的。我坐在那儿等了两个小时，其间再也没有哭过了。

冒斯说哭泣有利于健康，如果我不哭出来，负面情绪就会在体内发酵，变成更糟糕的东西。对此我不敢苟同——还有什么能比我胸口里的悲伤更糟糕呢？

当走到公交车站时，我们依然一言不发。我们看到一些更大的孩子在那里晃悠，又继续一声不吭地往前走。这就是冒斯的特别之处：作为多年知己的她和我总是那么心有灵犀。

我正要告诉她我非常想念她，但还没来得及开口，她就指着马路对面的一堵墙说：“跟我来。”

我们穿过马路，坐在彩票店对面的矮墙上，凝视着里面看屏幕的人。

“所以说，”我最后说道，“发生了什么事？”

“就像我说的，他们正在出售房子，妈妈和爸爸让我坐下来告诉我这件事。他们连问都没问我，只是跟我这么一说，一点儿商量的余地都没有。他们已经让讨厌的房地产经纪人来拍了照片。”

“你们要搬去哪里？”

“紫衫桥，鬼知道那是个什么地方。他们说想远离城市，‘在乡村生活’。现在我还没开始上中学，正是最佳时机。妈妈还萌生了养鸡的蠢念头，好像我们养的动物还不够多似的，她还打算烤面包。仿佛养鸡和烤面包就能让我改变主意一样，我又不是四岁小孩！”她说着说着，泪水又泛上了眼眶，我不得不克制住自己劝她大喊“香蕉”的冲动。

“我们一定要阻止这件事。”我说。

“怎么阻止？在你提议前我先声明，我可不想跟你的愿望扯上关系，阿奇，它们总是事与愿违。我知道另一个阿奇·克拉姆肯定跟你那愚蠢的愿望有关。”

我感到自己的脸开始变红，她太了解我了。“你说得对，”我承认道，“这些愿望太难以预测了。”我顿了顿说，“但有时候你可以让想要的事发生，不是靠许愿，而是靠行动。”

“可是靠什么行动呢？他们一旦做了决定，十头牛都拉不回来。”

我思忖了一会儿，突然灵光一闪。“要是没人愿意买这栋房子呢？还记得在南路那栋有一扇生锈绿色大门的房子吗？过了这么多年都还没卖出去。我们要做的就是劝退每个前来看房的人。”

“记得，那个地方怪吓人的，大家都以为里面闹鬼呢！”

“正是如此！”我说。

“你是什么意思，阿奇？”

“我们列一个清单，写出吓跑购房者的办法！”我说着，从笔记本上撕下中间的几页。

半个小时后，我和冒斯笑得合不拢嘴。

阿奇和冒斯让购房者望而却步的招数

1.让房子看起来像闹鬼
（诡异的鬼魂声响、晃动的窗帘等）
2.让房子臭不可闻
3.散布谣言说它是凶宅
4.有蜘蛛、蛇、蟑螂和蛆
5.让它变得阴冷
6.让它变得潮湿
7.让它嘎吱作响

等我们使完招数后，冒斯家的房子一定会无人问津！

“我们有整个周末的时间来做准备。”我说。

“我是真的不想搬走！”冒斯小声说。

“我知道。”我说。我们头靠着头，默不作声地注视着彩票店。

我很庆幸没有许愿让冒斯再次成为我的朋友。无须愿望也能和好如初，这种感觉反而更真实了。

那天晚上，当我从烤面包机中取出几块土豆华夫饼时，忽然听到咕咕的信号声，我发现冒斯骑着车在外面。“我偷偷溜出来的。回到家时妈妈正在疯狂打扫卫生，房地产中介打电话来说不知道哪家人那么急不可耐，他们等不到星期一，非要放学后就来看房子！我们必须明天就启动计划了，阿奇。”

“别担心，我来搞定它。”我对她说，“我们准能吓退他们，没问题的。”

“那我该怎么做？”

“你只管回家，确保他们不会起疑心。我放学后收拾好需要的东西再去找你，好吗？”

“谢谢你，阿奇。你真是我最好的朋友，你知道的。”在她要走时，她停下来说，“我为我之前所说的一切感到很抱歉。”

“我也是，我也很抱歉。”

看着她骑车离开的身影，能与她重归于好我感到无比高兴，这也让我更加坚定要解决这个问题。我的人生不能没有冒斯。

第十七章

生活就像坐过山车，你只需要系好安全带，然后享受整个过程。

——卢卡斯·贝利

上次冒斯坐过山车的时候，前排的男孩吐了她一脸。

——阿奇·克拉姆

放学后，我站在冒斯家门外，旁边是一块新竖起的“出售”牌子。我想，它在这里不会立太久的，因为这栋房子一定卖不出去。我把所需要的道具都装进背包里：

- 一袋假蜘蛛。这是我昨晚从一只旧袜子里抽出一些黑色棉花做成的。我把它裹成一个小球，再扯出8条细细的腿。虽然不够逼真，但从远处看还挺有蜘蛛样的。
- 几条臭腌鱼。这是我放学后用卖给菲利克斯·拉顿30包贴纸的钱买的。

· 一个遥控机器人。这是从詹姆斯的箱子里找出来的。

冒斯从她家的侧面偷偷溜出来，她一边走向我，一边不时回头瞄几眼。

“他们不让我出门，我不得不从客厅的大窗户爬出来！他们简直疯了！爸爸在煮咖啡，做新鲜的面包，而妈妈则跪在地上擦洗踢脚板——要知道她可从来没有擦过踢脚板！他们还把所有的动物都关进棚子里，就跟女王就要驾到了似的！”

“别担心，”我坚定地说，“我们一定能搞定的。我待在这里等看房的人，在他们进门前把他们赶跑。”

“怎么赶？”她问。

“这事儿就交给我吧。你要做的是告诉你妈妈，你想亲自带他们参观你的房间，并时不时提起独立和责任之类的，他们自然就会买账，而且也不会让你露馅。一旦进了房间，你就偷偷按下藏在口袋里的遥控器，启动机器人，然后告诉他们这样的事发生不止一两次了，这房间里肯定有鬼。”

“好主意！”她说着，拿起了遥控器。

“我还准备了一些蜘蛛扔进去。你可以告诉他们房间里有严重的蜘蛛问题。不知道为什么家里总有蜘蛛出没，个头儿还特别大。”我把棉花蜘蛛递给她，“还有，把这些臭腌鱼打开，放在你的床底下，熏死他们。”

“太恶心啦，我晚上还得在那儿睡觉呢！”

“再恶心都是值得的，冒斯，千万别离开。”

她点点头。我把背包交给她，她说：“祝我好运吧，阿奇。”

“你不需要运气，冒斯。就算不靠运气、愿望或魔法，我们也能成功的。”正当她转身进门时，我想起了一件事。“冒斯！”

她回过头，看上去既兴奋又害怕：“怎么？”

“偷偷把弗朗普放在地板上。要是看到房子里有老鼠，一定不会有人买下它的！”她紧张地对我竖起了大拇指，然后消失在了拐弯处。

十五分钟后，一辆豪华的银色轿车停了下来。我坐在房子前面的墙上，晃荡着两条腿。一对衣着时髦、光鲜靓丽的男女走下车，还抱着一个打扮得漂漂亮亮的小婴儿，她光溜溜的脑袋上系着一条丝带。他们看上去仿佛才从理发店里出来，那个女人的睫毛就像洋娃娃一样。他们关上车门，抬头打量着房子。那个光彩照人的女人说：“从外面看它比我想象的要小。”

“进去看看就知道了，亲爱的，这条路看起来很漂亮。”

“噢，看起来是很漂亮。”我故作随意地说，双腿仍旧荡呀荡。我在吃午餐的时候就上网查了影响人们买房的原因。理由有很多，我只需要为这对夫妇挑选出最适合他们的一个。

"只可惜了，犯罪率那么高。"我说。

"真的吗？"那个女人一脸惊慌。

"是啊，上个月就有三栋房子被入室盗窃了。这就是为什么隔壁养了几只凶猛的斗犬，有一只曾经还咬伤过一个孩子。"

"噢，我的天哪，这太可怕了！"那个女人说着，用手捂住了嘴，而另一只手将小婴儿抱得更紧了。我知道我的任务已经完成了。我从墙上跳下来，走到街上，用余光向后瞥了一眼他们惊恐万分的脸。

一小时后，我和冒斯在彩票店对面的新地点碰头，她向我透露了看房的内幕。"不知道你跟他们说了什么，效果那叫一个立竿见影。"她说，"他们一进门就似乎吓坏了，那个女人不停地询问邻居的情况。妈妈告诉她斯坦利先生和斯坦利太太是一对可爱的老夫妇，大家都相处得很融洽。另一边的比尔虽然脾气有点儿暴躁，但心地很善良。但她似乎不相信妈妈的话。"

"其他道具呢？"我问。

"这个嘛，蜘蛛没有起作用。那个男人傻乎乎地说什么'我觉得它们能赶走苍蝇！'，但遥控机器人把小婴儿吓哭了，这么看来应该算是成功了。但我心里实在过意不去，就给了她一只泰迪熊，希望能让她开心点儿。腌鱼真的太绝了。我把它藏在床底下，看到他们在东闻西闻，我就告诉他们有时候整栋房子都充斥着这股鱼腥味，无论用什么办法都驱散不去。说到这儿，没想到撒手锏竟然是弗朗普！”她说着，从口袋里取出小沙鼠，递给我抱一抱。

“它掐准时机从地板上一蹿而过，那个女人险些叫破了喉咙！我的魂都被她吓飞啦。就这样，他们以最快的速度夺门而出了。”

“太了不起了！”我一只手轻握着弗朗普，举起另一只手想要与冒斯击掌。冒斯没有搭理我，而是长叹了一声。

“妈妈说星期一还有两家人要来看房，星期二有三家人。我们不能全这么吓唬他们吧？”

“当然可以。”我说，“我才不会让他们把我最好的朋友从我身边夺走。”

“那我们明天在这里碰头，再研究一下计划？”

“明天不行，我要去我爸爸家。但我星期天会过来喝茶，到时我们再完善我们的计划，怎么样？”

“就这么定了。”她说。

回到家，电话又响了起来，我以为是冒斯打来的。

“嘿，阿奇！”爸爸爽朗地说。

“嗨，爸爸。”我知道他要说什么，我一点儿也不想听。

“我打来是想跟你说说明天的事，阿奇……”我没给他机会说谎或找借口不让我周末去他家，而是把贴纸包装从口袋里掏出来，在电话旁捏出噼里啪啦的声响。

“喂，喂，爸爸，我听不清你说的话！”我说，“那我们明天见了！”随即挂断了电话，我知道他还会继续打来，继续试图把我从他那完美的新生活中赶走。他会永远继续这么谎话连篇，逃避问题。

我打开手中的红色贴纸包装，看到了他——卢卡斯·贝利。他神采奕奕地看着我，仿佛想告诉我什么。

“我该怎么办，卢卡斯？”我问道。电话再次响起，我知道该怎么做了。我不想再被“重新安排”，也不想再听到谎言了。

我紧紧攥住贴纸，闭上眼睛，想象着爸爸和我一起欢笑，一切都像以前那样美好——那时他还没开始撒谎。电话仍然在响，我轻轻地说：“我希望明天，就明天一天，世界上的每个成年人都必须说真话。”

那一刻电话铃声停了下来，仿佛我的愿望让它陷入沉默，也让他话到嘴边的谎言陷入了沉默。几秒钟后再次铃声大作，把我吓了一跳。我很清楚是谁打来的，正打算不去理会，妈妈用不耐烦的语气大喊道：“赶快接电话，行吗？”我只好关掉电话，把它丢到一旁。除非他跟我说真话，否则我不想再听了。

我跑上楼，更新我的愿望清单。

阿奇·克拉姆的愿望清单

1.Xbox游戏机和比萨

2.成为全世界收藏贴纸最多的人

3.冰激凌车

4.报复“贝贝帮”

5.给斯卡奇一只独角兽

6.参加足球锦标赛

7.另一个阿奇·克拉姆

8.说真话

9.

只剩下最后一个愿望了，我必须让它真正发挥作用。

第十八章

做你自己，每个人都是独一无二的。

——卢卡斯·贝利

除了阿奇·克拉姆，像我这样的人还多着哪！

——阿奇·克拉姆

一觉醒来，我想起了我的愿望，唰的一下坐直了身板。

我仔细聆听着，看能不能捕捉到真相所造成的喧嚣。我的愿望究竟会对这个世界带来什么影响？说真话就一定会更好吗？我想答案马上就要揭晓了。

我迅速打开电视，里面正在播放一个看似无聊的节目，一群西装革履的人坐在桌子前讨论政治问题。一个无精打采、面带倦容的男人正在用沉闷的声音喋喋不休地说。

“是的，毫无疑问，局势在不断升级。问题在于我们应该扮演什么角色。迈克尔，你有什么想法？”

我屏住呼吸期待着。

“对不起，杰里米，我的屁股奇痒无比，害得我完全没法集中注意力，实际上你说的话我一个字也没听进去。”

杰里米差点儿被喝的水呛到。其他几个身穿西装的男人彻底震惊了，其中一人开始放声大笑起来。

“好吧，谢谢你的诚实，迈克尔。现在是九点，是时候和黛比一起进入新闻编辑室了。”

镜头切到黛比的前一刻，我看到演播室的几个男人一脸难以置信的表情。其中一人站起来，看上去怒气冲天，另一个仍然大笑不止。迈克尔则一脸茫然地呆坐在那儿，同时挠着他的屁股。他那不知所措的模样让我笑得上气不接下气。我一遍又一遍地回想着他说“我的屁股奇痒无比”的画面，每想起一次，我就笑得更加厉害，连眼泪都淌了下来。我做梦也没想到这个愿望竟然会如此精彩！

我好不容易才停了下来，决定看看诚实是否对妈妈起作用。我探头到妈妈房间门口问：“早上好，妈妈，你感觉怎么样？”

“糟透了。这一整天我都不打算下床了，我要像往常那样大哭一场。”

呃，还真够诚实的，我想。但话又说回来，妈妈在表达自己不快的时候总是那么诚实，在某种程度上，我反倒希望她对有些事别那么坦诚。但我总归不能这么许愿吧？！

我收拾好背包，一口气跳上杰克。我现在饥肠辘辘，但爸爸家里常常有松脆饼和麦片，我打算到了之后吃上一点儿。我骑车沿着海顿街往下滑行，一想到我将要见到真实的爸爸，这次他不能再对我说谎了，我不由得加快了脚步。迈克尔和他那发痒的屁股时不时在我脑海里蹦出来，一股难以抑制的笑意贯穿我的身体。由于出门太早，我决定干脆在路上找点儿乐子。

这时图利街上的一小排店铺跃入眼帘。我放慢车速，把杰克靠在墙上停好，然后走进了报刊店。

“早上好。”我打开门，柜台后面的男人对我说。

“早上好。”我说，“今天感觉怎么样？”

“累坏了。”他说。

“为什么？”我问，“昨晚熬夜了吗？”

“不是。”那个男人说，“我妻子打呼噜，害得我整晚都睡不着。”他眨了眨眼睛，仿佛没料到自己会和我说这个。他开始重新摆放口香糖。

“哦，那确实太糟糕了。”我嘴角的微笑已经藏不住了。

“她打起呼来像一头犀牛。”他告诉我，“就连邻居们都忍不住来抱怨，可想而知得多大声了。”

这时一个身材小巧的女士从店铺后面走出来。

“亲爱的，你接待完这个年轻人后，能到后面给我们搭把手吗？”

“我不是在接待他，我只是在告诉他你打呼噜的事儿，亲爱的。”

“马尔科姆！”她厉声叫道，脸唰的一下涨得通红，“你到底在干什么，告诉这个年轻人我们的睡眠习惯！”我偷偷摸摸地溜出去，让马尔科姆去收拾自己的烂摊子吧。

在我走出店门口时，不小心撞上了两个牵着小狗的女士。

“当心点儿！”我急忙往后退，其中一个女士气呼呼地说。

“他差点儿踩到了我的新鞋！”我一边走开，一边听到另一位女士说，“你觉得好看吗，雅思敏？这是我昨天刚买的，花了我不少钱呢！”

我放慢脚步，只听见雅思敏回答道：“不好看，简直丑死了，亲爱的，这恐怕是我见过的最丑的鞋子。”

我赶紧在爆发出笑声前跑开了。这一切实在是太有趣了！

离杰克还有几步之遥时，我看到牙医莫顿径直向我走来。我赶紧把头低下。我已经很久没见过他了，或许他不会认出我来。不料他却呼喊道：“阿奇·克拉姆！”

噢，不！我想起了垃圾桶里被忽视的信件和我的爽约。

“嗨。”我说。

“好久不见，你的牙齿还好吗？”

“很好，谢谢。”我想到了真话的愿望，便问道，“那你的牙齿怎么样？有好好护理吗？”

他看了看四周，确定附近没人，然后靠过来低声说：“你知道吗，阿奇？我从来没有告诉过别人，我对哈瑞宝软糖简直上瘾了——今天早上我还把它当早餐吃来着！”

我看着他，努力憋住笑意。他轻轻摇了摇头说：“真不知道我为什么要告诉你这个。”

“别担心。”我说，“只是实话实说罢了！”我跳上杰克，大笑着朝爸爸家骑去。

我经过了一大群慢跑的人，听到其中一人说：“我一点儿也不喜欢跑步，我来纯粹是因为我喜欢迈克。”

待我到达爸爸和朱莉家，我开始思考说真话会给大家带来什么后果。也许雅思敏和她的朋友会因为那双丑陋的鞋子大吵一架；那个慢跑的人会向迈克表白心意，从此他们幸福地生活在一起；报刊店老板会解决妻子打呼噜的问题；牙医会向大家坦白自己的软糖瘾，从此不再因为孩子们吃糖果而训斥他们。

而我将要从爸爸那里得到真相。我不知道接下来会发生什么，但现在已经没有回头路了。我感到忐忑不安，胸膛里的心脏怦怦直跳。我深吸了几口气，酝酿着我的台词。可还没等我敲门，门就打开了。

“阿奇，你在外面做什么呀？”爸爸说，“快进来吧！”

我走了进去。他看上去似乎很高兴见到我，也许他昨天打电话来并不是要取消约定吧。

我把背包扔进客房，然后下楼做松脆饼。斯卡奇跑过来，一头扎进我的怀里。

“阿奇秃！”她尖叫道，“你知道吗？距离我的生日还有351天！”

“不知道，斯卡奇。你一定很兴奋吧！”

“我快等不及啦。”她说。

朱莉走了进来，她穿着完美无瑕的白色外套，涂着粉色的口红。伴随她进来的还有一股香水味，我深深地吸了一口气。

“好了，斯佳丽，穿上鞋，我们得走了。”

“你们要去哪里？”我不确定是否想听朱莉对我说实话，于是转而问斯卡奇。

爸爸走进来，从橱柜顶上的碗里抓起钥匙。

“我们今天要出门，阿奇。我昨天想告诉你，但你的电话一直打不通。”

“好吧。那我们要去哪里？”我问道，然后弯腰帮斯卡奇拉上拉链。

“哦，你就没必要跟着一起去了，阿奇。所以我才想打电话告诉你晚点儿来，我们要进城一趟。这都怪我，朱莉很早就跟我说过了，她，呃，安排了一些活动。我该早点儿告诉你的。”

我感到自己的脸开始发烫，朱莉低头看着地板。我知道现在是最佳时机，但不适感开始阵阵袭来，我意识到这未必是个好愿望，上午的乐趣一下子全都荡然无存了。

“你不想让我去吗？”我小声说。

“是的，儿子，我不想。这是我、朱莉和斯佳丽一家人的事儿。”

他满脸的尴尬，同时为自己刚刚的话感到困惑。他转向朱莉：“你先带斯佳丽上车，亲爱的，我马上就来。”

“为什么阿奇秃不能来一起拍照呀？”朱莉把她抱出门的时候，我听到斯卡奇问。

“今天的情况有点儿复杂，阿奇。你已经这么大了，应该能理解的，所以我就实话实说了。朱莉为我们预定好了拍摄全家福，我把这破事全忘光了，昨天才想起来。她想和斯佳丽拍一些漂漂亮亮的照片，所以我们觉得你还是留在这儿为好。”

“你们不想让我出现在照片里。”我心里一沉。

“是的，朱莉想拍几张母女照，她可能觉得你有点儿邋遢。”

“那你呢？”我低声问，“你怎么觉得？”

“阿奇，每次看到你，我都会想起你妈妈。所以我也不想你出现在合照里。”

他看上去有点儿受挫，似乎为自己的真实感受感到震惊和悲哀，仿佛他的所有谎言不仅是为了自己，也是为了别人。

“你能明白的，对吧，阿奇？”他用略带恳求的语气说，“相信我，你最不情愿的就是整个下午都被朱莉打扮和催促个没完。我们下午茶时间就回来，好吗？”

我一时无言以对，他往门外走去。看着他离去的背影，泪水刺痛了我的眼睛。我甚至不知道为什么自己会这么难过。我才不想出现在什么愚蠢的家庭合照里，大家假装一副幸福美满的模样。朱莉说得对，邋里邋遢的我根本不属于这个家庭，不在合照里也是应该的。

我想着斯卡奇对镜头说“茄子”的样子，眼泪开始顺着我的脸颊哗哗直流。我把我的止哭大法试了个遍，但无一奏效。我大喊“香蕉”，使劲掐我的胳膊直到麻木，但依然泪如泉涌。我不知道该拿自己怎么办才好，只知道自己必须离开这个光鲜亮丽、虚伪至极的家。我再也待不下去，再也不想被爸爸伤得体无完肤了。

临走前，我泪流满面地去斯卡奇的房间，找到她最漂亮的独角兽记事本，翻开一页，用一支带有绒球的粉色笔写道：

亲爱的斯卡奇：

我只想让你知道，是我给你送了那只独角兽。

我真希望你能够留下它。

从今天起，我再也不会过来了。

真的很抱歉，如果决定权在我，我一定会常常来看你的。你就是这个世界上最棒的妹妹。

我会非常想念你的。

我爱你。

阿奇秀　亲亲

在停笔的时候，我几乎无法呼吸，肺里的抽泣起起伏伏，胸口的疼痛愈演愈烈，泪水滴滴答答地打在纸上。这就是我绝不让自己哭泣的原因，一旦开了头就再也刹不住了。眼前的一切似乎比许下那些愚蠢的愿望前更加不堪。我将要失去斯卡奇和冒斯，妈妈依然一病不起，而我也知道了爸爸对我的真实感受。我原本以为愿望成真后我的生活会有所改善，没想到竟变得糟糕透顶了。

我擦了擦脸，仍然抽抽搭搭地喘着粗气，然后慢慢地关上了斯卡奇的门。当我拿起背包走到楼下，穿过一尘不染的大厅，回到完美无瑕的厨房时，我忍不住低声说："这不公平。"一遍又一遍，越来越响亮。

"这不公平。这不公平。这不公平！"

怒火开始在我体内熊熊燃烧。凭什么我要被这个家拒之门外？凭什么我非得要这么孤独？凭什么我的生活就这么艰难？我恨不得把他们完美的房子破坏殆尽，恨不得让他们看看我有多生气和多受伤，我不想让他们就此得逞。

橱柜上有一小盆玫瑰，我把它拿起来，还没容得说服自己，就把它整个倾倒过来，眼睁睁看着土壤撒在洁白的地毯上。有那么一瞬间我感到一阵惊慌，但随之而来的是一阵畅快淋漓，就好像我终于开始捍卫自己了。我把碗里的水果扔得满地都是，把小蜜橘使劲踩在脚下，然后扭头进厨房，把垃圾全丢在地砖上。

我打开背包，把糖果、饼干、松脆饼和蛋糕往里面装得满满当当，我贪婪地把所有我永远买不起的东西塞进我的购物篮子里，再拼命地填满我能找到的购物袋。这时我瞥到一瓶夏日微风柔顺剂，我揭开盖子，吸了一口这美妙清新的香味，再把它拎到完美的沙发上，一股脑儿地全倒下去。我感到一股野蛮劲主宰了我，就像一只野兽一样。这股野性让我感到更加强大，仿佛我已经把痛苦转换成了一股令人闻风丧胆的威慑力，但也是一股令人无法忽视的力量。我不会再让他们这么对我了，我一边往房间里砸空瓶子，一边想。最后我转身看了一眼这满屋狼藉，关上了身后的门。走到外面的人行道后，我从口袋里拿出卢卡斯的贴纸，对着天空大声喊道："我再也不会许愿了。"

第十九章

是时候成为你一直想成为的人了。

——卢卡斯·贝利

是时候假装刚刚的坏事不是我干的了。

——阿奇·克拉姆

我没有告诉任何人我做的事，包括冒斯。在回到家之后，我确保手机已经关机。如果有人敲门，我决定不去理会。反正妈妈也从来不开门。

整整一个星期六晚上我都在等待，等待着他们严厉的敲门声和愤怒的表情，可他们并没有出现。我想象着朱莉为她洁白的地毯又哭又叫，想象着他们勃然大怒、争论不休。我思考着接下来的对策。

然而当我上床睡觉时，我意识到根本不需要什么对策。他们只会把房子收拾好，继续过他们那完美的生活。一想到不用每隔一个周末看到我，他们还会感到心满意足，如释重负。

星期天我上冒斯家喝茶时，她闻到了一丝不对劲，但她认为是搬家的缘故。我故意让她这么想的。我大谈起我们的计划和看房的事，以此分散我的注意力，不再老想着爸爸和朱莉。我们坐在那儿看看比赛，做一些更逼真的蜘蛛。或许没有他们，我也可以过得很好，我只需要确保不会再失去冒斯。

我们继续执行原先的计划，把看房的人全都吓跑。在接下来的两次看房里都大获成功，那两对夫妻吓得惊慌而逃。

但到了星期二，全盘计划开始分崩离析。

第一对看房的人来了。我照常上演我的戏份，告诉他们当地的一帮孩子成立了一个街头搏击俱乐部，他们每周五晚上都会在房子外面聚头。他们进门的时候面色焦虑，过了一会儿，冒斯哭着走出来，我知道肯定出事了。

“他们把我抓了个正着。”她说，“妈妈和爸爸在我的房间发现了腌鱼。”

“噢，不！”

“这下完了。”她说，“我们干脆停手吧，阿奇。搬家就搬家，就这样吧。”

“不行！”我大喊，“我不会让你搬走的。哪怕你做不了什么，我也决不罢休。”

“好吧，但得小心一点儿了。一会儿在彩票店碰面？”

我拦住了下一对前来看房的年长夫妇，告诉他们隔壁喜欢通宵达旦地开派对，他们在进房子时看上去吓得不轻。我搓了搓手，知道我的使命已经完成了。

一个小时后，我继续等待着我的最后一批“受害者”。一名警察正沿着道路走来，与此同时，一对夫妻正好走下车，他们抬头看着房子，脸上绽放出灿烂的笑容。正当我凑近他们时，警察经过我身边问道：“你还好吧，孩子？”

“很好。”我假装不经意地回答，巴不得他赶紧走开，好让我跟那对夫妻搭话。他们眼看着就要走到前门了。

就在这时一切开始乱了套。警察朝那对夫妻点点头，他们便停下来，问了他一个问题。这一下把我的计划全毁了。

“你好，警官。”那个男人说，“我们正在考虑搬到附近，这一带环境怎么样？”

“这里安全吗，警官？”那个女人补充道。

“叫我强道吧，我已经下班了。”他说。我强忍住笑意，想象一下竟然有警察名叫强盗！但他接下来的话让我瞬间笑不出来了。

“你找不到比这一带更宜居的地方了。我从来没有接过这条街的报警电话。这么跟你们说吧，虽然这不是最气派的地方，但一定是最安全的。”

“但邻居都是些怪人！”我指着斯坦利夫妇的房子，突然大喊了一句。他们都转向我，脸上写满了迷惑。就在这时，斯坦利夫妇家的门打开了，他们端着一盘看上去十分美味的小圆面包走出来。

“阿奇，我们看到你整个下午都在这儿——想必你饿坏了吧，来吃个面包吧。不用客气，警官。”我看到警察挑了两个最大的面包，“你们是来隔壁看房的吧——请随便吃。”斯坦利夫妇开始向这对夫妻介绍附近的所有情况，他们一边吃着可恶的面包，一边相谈甚欢。我不由得用双手捂住了脸。

那位名字滑稽的强道警察走到我身边。

“我猜，”他一边狼吞虎咽一边小声说，“出于某些原因，你不想让这栋房子卖掉，对吗？”

我可怜兮兮地点点头，看着这对夫妻向斯坦利夫妇挥手道别，然后踏进冒斯家里，仿佛这栋房子他们买定了。

“这是你家的房子，你不想搬走，还是说这是你朋友家的房子，你不想让她搬走？”

“我朋友家的。”我说。

“是不是我的出现打乱了你的计划？”他问。

我想强道一定是一名出色的警察，因为他不费吹灰之力就看穿了这一切。

我点点头。

“啊，这可真难办，伙计。很抱歉，我必须告诉他们真相，你知道的。要是我把另一个面包送给你，会不会让你开心点儿？”

我摇摇头。

过了一会儿，我坐在矮墙上目光空洞地盯着彩票店，不时望向路边看冒斯来了没，没想到看见穿着粉色莱卡运动装的朱莉朝我慢跑来。

我立即起身，快速走开，希望她没有看到我，如果不幸看到了，希望她不想看到我，就像我不想看到她一样。我一直设法忘记我在他们家干的好事，还以为就这么不了了之，我可以永远都不会再见到他们，可以努力忘掉这一切的痛苦。我戴上兜帽，以最快的速度走过几个街区。当我转身确认她走了没，却看见她挥手朝我大叫道："阿奇！停一停！"

我无法停下来，也无法直视她的眼睛。我撒开腿跑了起来，而她却一边叫我，一边穷追不舍。我们跑了好几英里，我的心脏咚咚狂跳，胸口火辣辣地疼——看来我真不适合跑步。最后我终于跑不动了，我弯腰停下来，双手搭在大腿上，累得气喘吁吁。朱莉也跑到我身后停下来，跟我做同样的动作。

"哇，真不赖嘛，阿奇。"她上气不接下气地说，"我还以为你不会停下来呢！"

待我们呼吸终于恢复正常之后，一阵尴尬涌上我的身体。我感到局促不安，一时拿不定主意是要再次拔腿就跑，还是要为这一切道歉。

"你为什么要跟着我？"我喘着粗气问。

"我跑这儿来就是想见见你。从周六开始我就在这条路上跑步，但一直没看到你出现。"

"我在给一个朋友帮忙。"我想到了冒斯，她或许已经到了墙边，正纳闷我到底去了哪里。

"阿奇，关于那件事。"

"我很抱歉，毁了你的房子。"我盯着地面说。

“不，是我很抱歉，阿奇。”

我抬起头：“抱歉什么？”

“一切的一切。不让你拍合照，不让你住房车，取消你的拜访——一切的一切。”

我深呼吸，一口气说出来：“你为什么这么恨我？”

“我没有恨你，阿奇！我怎么会恨你呢？我想我只是太紧张——太害怕了，不知道该如何跟你相处。做继母总感觉有些不适应，我不知道该怎样才能扮演好这个角色。我是个有点儿完美主义的人，你应该注意到了吧？”

“多少有点儿注意到了。”我说，一想到她那洁白如新的地毯，我忍不住笑了起来。

她也对我笑了笑，带着点儿淡淡的忧伤：“我太担心会出错了，于是便放弃了尝试，直接把你晾到一旁，以为这样事情就会……更容易一些。但这样是不公平的，而在发生了这样的闹剧之后我才明白这一点。”

“那爸爸呢？”

“你爸爸非常爱你。”她说，“只是他不那么善于表达自己的感情。他每天都给你打电话……”

“我不想和他说话。”我说。

她点点头：“好吧，这是你们之间的事。我只想对你说声对不起——在不牵扯你爸爸的情况下。斯佳丽——斯卡奇——也非常爱你，你知道的。”

“我也很爱她。她是我认识的最有趣的人。”

“这倒是真的。”我们静静地站了一会儿，就在我以为朱莉要发出似笑非笑的叹气声时，她说，“有一次她想把垃圾桶变成独角兽，结果在骑上去的时候一屁股摔了进去！”

“还记得你在花园摔进独角兽的便便里吗?!”我说，一想到她又气又恼地在便便里踩滑的模样，不禁咯咯笑了起来。

“噢，老天，别提了！那条裙子都被糟蹋了！”她努力忍住笑意。

“当时你被气得够呛。”

“有一匹正在便便的小马在我的花园里！”

“实际上，如果你去问问斯卡奇，就会知道那是一只独角兽！”

“神秘的神奇火花三世！”我们异口同声地说。

短暂停顿后，她温柔地说：“你和你爸爸会把这件事处理好的。”

我不太确定我们会不会，但我没有告诉她我的想法。我只知道我绝对不会再让他害我哭成那样了。

“我要回到墙边去了，我和朋友约好了见面，她准在纳闷怎么没看到我。”我们一起朝彩票店走回去，一路上畅聊着斯卡奇和她的独角兽冒险故事。这是我第一次和朱莉正常相处，也是她第一次没有发出似笑非笑的叹气声。也许她人也没有那么坏。

朱莉跑步离开了，我向她挥手道别，然后走到墙和冒斯旁边。当我看到她和弗朗普垂头丧气地坐在那儿，我就知道看房的事进展得过于顺利了。“他们很满意。”她使劲吸了口气说，“他们甚至喜欢里面的绿松石浴缸。谁会喜欢那玩意儿？你对他们说了什么？一点儿效果也没有。”

我告诉她警察和面包的事。

“难怪他们那么喜欢。”我讲完后，她说道，“这简直就像老电影里的场景一样！友好的辖区警察和完美的邻居！我们接下来该怎么办，阿奇？”她顿了顿，“你觉得要不要冒险许个愿试试？”

“不行，风险太大了。”我想到了在爸爸家发生的事，我的愿望以如此痛苦的方式适得其反，“如果我许愿你不搬走，你可能在这里一待就是一辈子。或者如果我许愿喜欢绿松石浴缸的那家人取消订单，那么第二天又会有另一家人下订单。我们不可能让一切都尽在掌控中。我意识到了，要想心想事成，就得自己琢磨出方法来，而不是靠这些荒唐的愿望。”

冒斯难过地点点头。她明白了。

“我想我只好搬到乡下了。”她把头靠在我的肩膀上，我们一起凝望着灯火通明的彩票店。

第二十章

他人的观点并不能定义你。

——卢卡斯·贝利

观点就像屁股：谁都有一个！

——阿奇·克拉姆

当我回到家时，罗斯玛丽就在我们家前门。

“噢，阿奇，我刚刚一直在敲门。你妈妈不在吗？”

“不在。”我撒谎说，“她出去了。”

“好吧，亲爱的。你过得好吗？”她看上去像是真心发问，而不是平常空洞的“你过得好吗”。想象一下每次有人这么问时，你都实话实说的场景。

“这个嘛，我的大脚趾起了个水疱，因为我的鞋子不停地摩擦，水全从脚底漏出来，把袜子都浸湿了。哦，对了，我爸爸是个大话王，我已经决定不再见他了。而我妈妈在过去一年里基本上都是躺在床上度过的。你过得好吗？！”

恐怕连世界上最善良的人也未必知道该如何应答。

所以根据我的经验，最好就是点点头回一句“很好，谢谢”。我也正打算这么对罗斯玛丽说。可在开口的一瞬间，我意识到即将撒谎的我就跟爸爸没什么两样，在真相面前撒谎，总是满口谎言——不仅对老师、冒斯、佐伊、罗斯玛丽，甚至对我自己。

但真相往往也是充满危险的——我应该清楚。可究竟什么时候该说真话？什么时候该寻求帮助呢？

罗斯玛丽稍稍弯下腰来，直视着我的眼睛。

“我们有点儿担心你，阿奇。”她说，“詹姆斯说你妈妈生病了，我已经好几个月没有见到她了。”

我很想告诉她真实情况，但又想起了妈妈说过不要告诉任何人，于是低声说：“我们很好。她之前生病了，现在挺忙的。总之，我得先走了，我还有功课要做，再见。”

我迅速打开门再关上，心脏怦怦直跳。真不敢相信我差点儿就说漏了嘴，告诉罗斯玛丽实情。我不知道自己哪根筋不对，妈妈一定会很生气的。她只是需要多一点儿时间，我知道的。

我跑上楼，探头到她门口：“嗨，妈妈。”

“你好啊，亲爱的。今天过得怎么样？”

“还行。”我犹豫着要不要告诉她冒斯要搬家的事。但我现在不想去思考这个问题，所以我告诉她罗斯玛丽的事。

“她刚刚问你怎么样了。”我坐在床尾说。

“你怎么说的，乖乖？”

“我只说你很忙，她说她很担心我们。”

“好管闲事的老家伙。”

“不，她挺善良的，妈妈，真的。前几天她还让我用了她家的厕所。”

“我不想让她打探我们的事，阿奇。我们过得很好，不是吗？我正在慢慢好转，我能感觉得到。”

“几周后会有足球锦标赛，我是替补球员。”我改变了话题，“我们将在山谷体育馆比赛，规模一定会很盛大。卢卡斯·贝利也会到场！”

“那真是太棒了，亲爱的。”她说，但我能看出她并没有认真在听，她的思绪这会儿已经飘到她的病上了。我只好站起来，告诉她我要去做功课了。

“待会儿我给你拿点儿晚餐上来吧？”我说。

“谢谢你，亲爱的。很抱歉，我真的太没用了。”

在落入她悲伤的牢笼前，我匆匆逃出了房间。

现在学校生活也并没有那么难熬，我和冒斯已经重归于好了，课间我们会在墙边卖贴纸，我还挣了不少零花钱。费尔先生让我们每天午餐时间训练，所以我只能在课间出售贴纸。他说我们要做“赛场上的佼佼者”。

作为替补球员，我只需要坐在那儿观看，这也是我习以为常的事。我呐喊着鼓舞人心的名言，大赞他们踢得漂亮。费尔先生说我是一个“优秀的激励者”，甚至让我在每天训练前进行球队训话。我通常会多说几句贴纸上的名言，但大家都听得专心致志。这种感觉真棒，我终于能派上点儿用场了。

今天，冒斯和我坐在一块儿。

“那对喜欢绿松石浴缸的夫妻昨天出价了。”她说。

“这是不是意味着搬家的事已经是板上钉钉了？”我问。

“是的。他们想尽快搬进来，看样子我们几周后就得离开了。我连锦标赛都没法去看，因为那个周末我们要去看房子。”

她看上去如此悲伤，我感到难过极了。我想帮她做点儿什么。

“需要我许最后一个愿望吗？”我问。

“你不是已经放弃了吗？”

“说是这么说，毕竟我被那个说真话的愿望吓得不轻。但如果你想让我许愿，我就一定会许的。”

冒斯瞥了我一眼：“要不你许愿我们永远都是好朋友？”

“我们不需要这样的愿望，我们靠自己的努力也一定能做到的……无论你住在哪儿。”

“既然这样，那谁还需要那些愿望呢？你是个相当聪明的人，阿奇·克拉姆，你知道吗？”

尽管我知道她将要离开，但在这一刻——坐在我最好的朋友身边，为我自己的球队加油打气，感受着阳光洒在皮肤上——我感到很释然。在这一刻，我并不想要任何改变，也并不想要任何愿望。

当团队训练结束后，费尔先生把我们召集在一起，给我们分发信件。

“好了，小伙子们，拿好门票。这次比赛将在全国最大的体育馆之一举行，你们自然会有一大批家人和朋友想要前来观看。鉴于你们是球队的一员，你们可以拿到折扣票。所有的钱都将捐给慈善机构。当天买票也可以，但价格会更贵，所以我建议你们上网购买。我希望看台上能座无虚席，来观赛的都是史上最棒的支持者。我们还希望满场横幅、鼓声震天、盛装盛服，样样俱全。”

我低头看了看信件，发现每张票的价格是20英镑！妈妈是不可能买得起的。还好她并不想来，还好我只是个替补，我可不想站在偌大的足球场上，却没有一人为我欢呼。我强迫自己不去想爸爸和斯卡奇，以及她迫不及待想要来为我加油的样子。在回教室的路上，我把信扔进了垃圾桶。

第二十一章

你总会有机会改变你自己。

——卢卡斯·贝利

我希望能改一改我的裤子，它实在太紧了。

——阿奇·克拉姆

接下来的一周似乎被按了快进键。我每天都有训练，（大部分时间是在看别人练习，为他们喝彩）放学后再去冒斯家整理她房间的所有东西。她父母说要在搬家前进行一次大规模的清理，所以我们每天都在她的房间里喝喝果汁，吃吃饼干。我负责举起泰迪熊或书，她负责说要或不要，然后我再把举着的泰迪熊或T恤衫扔进属于它们的那堆东西里——一堆是留下的，一堆是扔掉的。她说我可以随便拿那些要扔掉的东西，到目前为止，我的收获有一大摞书、两件足球衫和一堆游戏。

弗朗普蹲坐在我的膝盖上，我举起一个大象形状的空存钱罐，冒斯说："不要。"我便把它放进要扔掉的那堆里。

“或许我该把它拿回去。”我说，“我卖贴纸挣了不少钱，得找个地方把钱全存起来！”

现在卖贴纸已经是一单大生意了，孩子们都知道上哪儿能找到我。我的销售价格是1英镑5包，比商店便宜多了。杰登·托马斯从我这里买了25包，试图以更高的价格出售，他卖给大家是1英镑3包。大家自然都不买账，除了菲利克斯·拉顿，但那也只是因为杰登用手臂夹住他的头威胁他。要我说，这可不是经商之道，我还从没见过哪个店主会用夹头的方式来强迫客人买面包的。

我现在必须小心翼翼，以防被抓个现行。马瑟夫人发现了我们的交易，她和全班同学大谈起这个问题，听上去比实际情况恶劣多了。所以我得确保乍看之下我们只是在墙边聊天，而我则偷偷摸摸地把贴纸塞进对方的口袋里，再让他们把钱留在墙上。我曾试图通过握手这种很酷的方式进行交易，假装和对方握手，然后神不知鬼不觉地把钱或贴纸塞进对方手里，但总是错漏百出。海登·菲利普斯说我是个怪胎，而丹·多尔则不小心掉了两英镑的铜币，它们叮叮当当滚得到处都是。

“你打算怎么花你的‘非法收入’？”冒斯问。

“不知道。我曾经把全部家当都花在贴纸上，但现在已经没这个必要了。或许我会给妈妈买个礼物吧。”

我们继续把冒斯的东西进行分类。当翻出冒斯的幸运足球衫时，她把它举起来，露出微笑。

“你看了学校网站没？”她问。

“没有，怎么？”

“我的演讲被放上去了。”我停下手中的活儿，看着她，“克劳瑟小姐用她的平板电脑把它录了下来。”

“我还以为她看都没看呢。”

“我也这么以为。她说这是她听过的最精彩的演讲之一，全校师生都应该看看。遗憾的是，对于锦标赛而言已经太晚了。不过现在已经无所谓了，反正我也去不了。好在人们能看到它。或许下一次情况将会有所改变，他们会考虑如何让女孩子更多地参与进来。”

“真是太酷了，冒斯。我告诉过你的，只要你坚持不断地为自己的想法发声，就绝不会被人视而不见。我真希望自己也能像你这样。”

“你知道吗，阿奇。”她一边说，一边把足球衫折起来，放在要留下的那堆东西里，“我在想，希望你能拥有一样东西。我知道你会感到孤独，所以我打算送给你一件纪念物，让你能想起我。”

“我可拿了一大堆的纪念物呢。”我指着自己挑出来的东西说。

“但是书本和玩具无法陪伴你，不是吗？我希望你能拥有一个朋友。”她顿了顿，然后深吸一口气，“我想把弗朗普送给你。”

“你不能把弗朗普给我！它可是你的最爱！”我低头看着白茸茸的弗朗普，轻轻抚摸着它。

“它也是你的最爱，它很喜欢你。如果你有了弗朗普，就像还有我的陪伴。”我轻轻抚摸着弗朗普软乎乎的小身体，把胸口的悲伤强行压了下去。

“好吧，反正你现在还没离开，就让我们拭目以待吧。”我说着，把弗朗普抱得更紧一些。

星期六是锦标赛前的最后一天训练了。费尔先生把我们召集在一起。

“好了，小伙子们，我们马上就要比赛了。我只想告诉你们，我为你们一直以来的辛苦付出感到无比自豪，无论比赛结果如何，我也一定会为你们感到万分骄傲。你们或许都知道，由于亨利·布德生病了，明天不能参赛，所以我会派阿奇·克拉姆上场。”

我抬起头，感到一阵惊恐。但看到另一个阿奇站在费尔先生旁边，咧着嘴大笑，而其他人都挥舞着拳头，小声地欢呼道：“太好了！”他们都知道阿奇有多出色。

费尔先生继续说：“所以说，我们有一支非常强大的队伍，如果明天需要一些蓄势待发的球员，我们还有替补席上的优秀替补。”

杰登·托马斯看着我，低声说：“真倒霉，克拉米！”

费尔先生接着说：“今天早上我收到一封来自场地的邮件，说届时体育馆会有一个电视摄制组到场，并通过英国广播公司进行现场直播。”

听到他这番话，我顿时松了一口气，庆幸上场的不是自己。我最不愿意看到的就是我那拙劣的球技被镜头拍下来，沦为全世界人民的笑柄。

他随后说："因此，让我们好好踢最后一场，明天积极、团结地投入比赛。这将是一次相当宝贵的经历。好了，阿奇，你能给我们讲几句至理名言，让我们斗志昂扬到明天吗？"我想了想我卖出的最后一包贴纸，回忆起背面那句话。

"唯一能限制你的就是你的想象。"我用自己的话接着说，"如果你不去想象我们明天会赢，那么我们何来的机会？所以闭上眼睛，勾勒出我们高举奖杯的模样。"我看着他们，他们真的照做了，我继续说，"想象一下踢进制胜一球的情景，一旦在头脑中形成清晰的画面，你就要去相信它一定会发生。我对此深信不疑。说实话，经过这几周之后，我相信一切皆有可能！加油，山谷布鲁克，我们定能获胜！"他们全都高声欢呼起来，并互相拍打对方的背。

"说得好，阿奇。"另一个阿奇·克拉姆低头向我微笑。

我们开始进行热身和拉伸，我看了看周围那些我几乎从未交谈过的孩子。冒斯很快就要走了，或许我现在该更努力一点儿了。因为有她在，我从未尝试过交别的朋友。我总认为没有人会想跟我玩，但也许并非如此。也许这只是我的想象，而我把它变成了现实。我看着丹·多尔，回想起他曾数次在午餐时间邀请我一起踢球，即使当时并没有人想跟我玩。当我们在原地触膝跑步时，我问他：“你期待明天吗？”

“是的。”他说，“你呢？”

“一样，我迫不及待见到卢卡斯·贝利了。”

“我也是。我们全家都会来，他们还做了一条巨大的横幅。”

我露出微笑，继续高抬腿。

“而且还会在电视上直播——他们可以一遍又一遍地回看！”我说。

“可不是！我妈妈还做了一个足球形状的蛋糕，给我们赛后吃。她真是激动坏了。”

热身结束后，我走向替补席，开始观看他们朝守门员米兰·芬奇练习点球。他太厉害了，一点儿也不畏惧。每当球朝球网飞来，他都知道该往哪边跳，有点儿像愿望魔法生效的我一样。只不过他全程都这么精准，身随球动。

就在丹·多尔走上前练习点球时，我感到一阵凛冽的寒风掠过我的后颈，让我不寒而栗。我顿时感觉有些不对劲，好像有事要发生。

我回想起我的愿望，努力记起每一个字。我当时说的是希望能参加足球锦标赛，而不是坐在替补席上，喊着激励人心的口号，为球员们加油打气，不是吗？我开始感到恐慌。说不定我的愿望还没完全结束。

我看到丹一脚把球踢到高高的空中，米兰在球门前飞身展臂，奋力一扑。只见球擦过他的手指，径直飞入他身后的网中。而他身躯扭曲，往下坠落。在他落地前我看得清清楚楚，他的左臂压在身下，重重砸向地面，每个人都听到了一声。

咔嚓。

他的表情说明了一切。他把手臂摔断了，就在锦标赛的前一天。

“不！”我大叫道。所有人一拥而上，围在网边，费尔先生让他们后退。

两个小时后，米兰已经做完了X光检查，费尔先生在训练结束前把我们召集到一起。

“好了，小伙子们，恐怕有个坏消息。米兰的手腕骨折了，明天将无法上场比赛。但好消息是我们有一个很棒的替补，不是吗，阿奇？”我听到一些孩子发出低沉的抱怨声。

“够了，小伙子们。阿奇也像你们一样，靠自己的实力赢得一席。他在选拔赛中完成了一记精彩的救球，我相信他明天的救球也会同样精彩。阿奇，希望你已经邀请了家人朋友来观赛，明天将会是一个大日子！”

我咽了咽唾沫：“先生，我不确定我是不是最优秀的……”

“一派胡言，阿奇。你自然会感到紧张，但既然成了球队的一员，就必然有你的原因。现在你可以在场上为他们加油，而不是在场边了。你的热情才是最重要的，别忘了这一点。”

我产生了一个疯狂的想法，或许我该许愿回到过去，撤销我所有的愿望。但我又回想起过去的几周，从跑下楼发现一个装满东西的箱子，到有一间装满贴纸的房间，再到和冒斯坐在冰激凌车里，然后到把斯卡奇扶到独角马的背上，看着她那张开心的脸，最后到看清爸爸的真面目。许愿虽难，但给我的生活带来了无限的乐趣。无论结果有多糟，我也不希望把愿望全都撤销掉。

那天晚上在冒斯家，当我们把我挑选出来的东西装进一个大箱子时，我告诉她米兰骨折的事。

“所以，我负责守门了。”我知道她非常渴望能加入球队，于是怯怯说出这句话。但她似乎一点儿也不难过。

“真不敢相信我无法去现场看你，阿奇！你妈妈会去吗？”

“不，”我说，“这样或许最好，我只会让自己出尽洋相。”

“如果你抱着这种想法上场，那你肯定会出洋相。你必须相信自己。我听过你的球队训话，但如果连你自己都不相信，那说再多又有什么用呢？”

这让我想到了妈妈，或许我正在做着和她一样的事，总是说得头头是道，但从不真正去改变。可转念一想，我现在就是实话实说啊。

“但是我的球技真的差劲到家了，”我说，“这就是事实。”

“诚然，你不是最优秀的，但你一遍又一遍地这么暗示自己，只会让你越来越差。如果你相信自己可以，说不定你就一定能行。如果你不去许愿，它就不可能实现，不是吗？”

“别再跟我提许愿了，冒斯——你知道它带给我的下场！”

我扛着一大箱子东西回家，一路上左思右想冒斯的话，以及我和队友们说的话。如果你对一件事怀有强烈的信念，它就更容易实现吗？我开始想象妈妈坐在体育馆里看着我，高举双手，热烈鼓掌；想象我成功救了一球，队友们把我举到头顶上；想象斯卡奇和爸爸拉着一条大大的横幅，上面写着“阿奇，加油”；想象冒斯踢进了制胜一球。

我知道这一切都无法实现，但想象的感觉是如此美妙，仅仅这一过程，就已经足以让人去憧憬、去期盼。即使心愿与想象有所出入，即使心愿最终无法实现，你也不应该放弃尝试。心之所向，永无止境。于是我一边扛着箱子踉踉跄跄地走回家，一边想象着体育馆里坐满了熟面孔，他们高声呼喊着我的名字。我把这一幕深深地刻在脑海里，就好像真实的一样。

“你把整个人行道都挡完啦，克拉米。”贝拉瞪着我说。我放下箱子，挪到一旁。我从没在回家的路上见过她，也从没和她面对面地独处。我不确定这意味着更安全还是更危险。她从我身边经过时，我注意到她穿着一件连帽衫，上面写着“山谷体操”。

“你又去练体操了吗？”我想起她那可怕的爸爸，惊喜万分地问。

“是啊，怎么？”她眉头紧锁，迟疑地说。

“我只是很高兴你去了而已。”

“你怎么怪里怪气的，克拉米。”她一面说着，一面走她的路。我想起她坐在车里时落寞的神情，叫住了她。

“我看到你爸爸嘲笑你了。”

她突然僵住了，我能看到她在用力呼吸。“我认为你应该继续练体操，让你爸爸看看这没什么可笑的。”她转过身来，直勾勾地盯着我。在一片寂静中，我知道她在做决定，是选择保持强硬，狠狠回击我，还是说出心里话。她深吸了一口气，决定袒露心声。

“克拉米，问题在于，他说得对，我的体操太差劲了。”

“那是当然的，毕竟你才刚刚开始。不管怎么说，哪怕你再差劲，也不妨碍你乐在其中。看看我和足球。”

“噢，老天爷，我还不至于那么差！”我们都轻声笑了出来，但她迅速收敛自己，再次皱起眉头往前走。我斗胆再问了一个问题。

“你觉得你和贝尔会和好吗？”

“我对此深表怀疑。”她说。

“你知道冒斯要搬家了吗？”

她耸了耸肩，摇摇头。

“你和贝尔的友情就像我和冒斯的一样长。我还记得你们在接待处时总是留着同样的发型——还绑着巨大的蓝丝带。”

“乔乔·西瓦。[①]”她笑着说。

“这就不关我的事了，我只知道失去挚友是什么滋味。只要能挽回友谊，我愿意上刀山下火海。你也可以采取一些行动。”

“也许吧……”她说，然后摇了摇头，仿佛魔咒解除了一样，“反正不关你的事。我得走了。我可不想被人撞见我们俩在一块儿，误认为我们是朋友。”她继续沿着路前行，但没一会儿就转过身来，一边倒着走，一边目不转睛地看着我，然后做了个相当差劲的侧手翻。她把双臂高举在空中，大声喊道：“谢谢了，阿奇！”

---

① 美国歌手，以头上扎大蝴蝶结而闻名。——译者注

第二十二章

无论做任何事情，都要带着一颗充满爱的心。

——卢卡斯·贝利

有一次我把妈妈的吐司做成一个爱心的形状，然后用果酱遮住烤焦的部分。

——阿奇·克拉姆

当我进家门时妈妈正在厨房里。

“你好呀，亲爱的，今天过得怎么样？”她好像有点儿不一样，似乎更有活力了。我不禁想这是否正如她所说的，她终于开始好转了。她穿着便袍坐在厨房的小桌子旁，抬起头笑眯眯地看着我。我心中升起了一缕希望，我决定不把它压下去，而是享受着她可能正在好转的想法，哪怕只有今天。

“你看上去真漂亮，妈妈！”

“什么？就我这老家伙！”她说着，哗哗地甩起她的便袍，我们都大笑起来。

“我明天要上场比赛了！”我说，“米兰摔断了胳膊，所以我来守门！”

“太好了！当然不是指可怜的米兰。这是个什么锦标赛来着？”

“我告诉过你的，妈妈，在山谷体育馆举办的那个，有卢卡斯·贝利、电视摄制组和成千上万的观众！电视还会进行直播！”

“噢，我的天哪。哎呀，这听起来着实令人兴奋。我想这值得好好庆祝一番！要不要吃点儿意大利面？”

“要！”这一天真是再好不过了。也许充满希望也未必是件坏事。

“如果电视进行直播的话，那我岂不是能看到你了？喝完茶后，你把电视机搬回楼下吧。”她边说边打开罐头。我的身体有一小部分开始泄气。我所希望的是她能出现在人群中，为了我离开家门，为了我如约出席。

“你可以来体育馆的。”我小声说，“别人都是全家出动去为他们加油。”

突然一阵沉默，我听到她叹了口气，把碗放进微波炉里。我的胸口绷得紧紧的，等待着她的回答。

“阿奇，我当然很想去，可我实在去不成，现在还不行。”

我点点头，在桌边坐下。在沉默中，我内心泛起了一些变化，也许是因为发生在我身上的一切：所有的愿望，失去冒斯，终于顶撞了爸爸。这一次，我不想她说什么我就听什么，不想为自己渴望更多而感到内疚。

“那什么时候呢，妈妈？”我听到自己说，“如果你现在身体不好，无法支持我，而去年也身体不好，无法支持我，那究竟什么时候才可以呢？什么时候才能有人再次为我加油呢？”

“你不明白，阿奇。”她说，“你根本不知道我的感受。”

“你才是根本不知道我的感受！”我怒喊道，比我想的要更大声，比我以前对妈妈喊的要更大声，“你有没有想过我的感受？看着你除了睡觉就是睡觉，对所有人欺骗隐瞒，告诉他们你很好，而实际上你一点儿都不好。我也一点儿都不好。没有一件事是好的，妈妈，再也好不了了。”我注视着她，等待着，恨不得赶紧把话收回来，跟她道歉，但我克制住了自己。我体内的怒火还在汹涌叫嚣着。

一阵静默后，她摇了摇头。“我太累了，不想说了，阿奇。”她叹息道。

“哦，那就去睡你的觉吧。”我喃喃地说，“我会照顾好自己的，就像往常一样。”

她一副欲言又止的神情。微波炉叮的一声响了，她慢慢地爬上楼梯。

我独自一人吃完了意大利面。正当我在水槽边把海绵里的泡沫挤出来时，我开始想，也许她还有一线希望会改变主意，也许她会回到楼下和我道歉，说她明天会尽最大的努力到场，也许她会明白没有人来捧场，我将有多么失望。我看着门，听听有没有动静，但什么也没有。

万一她早上醒来，觉得身体尚可，能去看比赛了呢？我想让它成为可能——以防万一。我冲上楼，把卖贴纸赚的钱从大象存钱罐里倒出来。除了买苹果和西蓝花，我打算把这笔钱存到圣诞节，为妈妈买她最喜欢的香水。我还打算为弗朗普买一套闪闪发光的金红色沙鼠套装，把它打扮成超级英雄的模样。但我认为把钱花在眼下这件事更值当。而且再怎么说，我还有成千上万张贴纸，礼物可以攒钱再买。我倒出硬币一数，20磅整，这仿佛是一个暗示。

我趁着妈妈在假装睡觉，偷偷把她的手机拿出来，登录网站搜索门票。到了结账关头，却发现我不能用自己的钱，因为它是现金。我需要一张卡。我不能问妈妈，否则她会大动肝火。她会念念叨叨买票是多没必要，以及她有多对不起我。反正我知道她银行卡的信息，我去超市买东西时都是刷卡。我还没有采购下周的东西，所以我知道账户里会有足够的钱。或许我可以用这张卡买票，然后用我的现金在合作社超市采购一半的食物（那里的面条卖得可便宜了），这样她就不会发现，我们也不会饿肚子，完美。

结完账后我发现还得把票打印出来。我就像在执行一项秘密任务，每个阶段都有一个新的问题要解决。急人的是，我家里没有打印机。我决定去冒斯家看看。

正当我关上前门，我看到罗斯玛丽从她家门口探出脑袋。

“你好啊，阿奇。”她说，仿佛她一直在等我。

“嗨，罗斯玛丽。我正要去朋友家打印点儿东西。”

“要不要到我这儿打印？你可以进来，顺便喝杯果汁。”她的小狗跑出来在我脚边上蹦下跳。我弯下腰，它开始舔我的手。

“兰斯洛特爵士也很想见见你呢，瞧它那样！”她说。

我的脑海中传来妈妈的声音，叫我拒绝她，说她在多管闲事，但我抬头看着她慈祥的面孔，心想，这又能有什么坏处呢？她只是出于好心，而且上次她还给我吃了十分美味的饼干。

于是我坐在她柔软的沙发上，紧挨着兰斯洛特爵士。我穿着袜子的脚踩在厚厚的奶油色地毯上，她端出一盘奶油饼干和一杯果汁。

“我真想念詹姆斯在的日子啊。”她叹息道，“一个人在这里太孤独了。”

“詹姆斯也没有爸爸吗？”话一出口我就后悔用了“也”这个字，仿佛我已经把爸爸从我的人生中抹去了。

“他十年前就去世了，亲爱的。这对我和詹姆斯来说都非常难熬，但我们俩还是挺过来了。”

“对不起。”我低声说。

“没关系，亲爱的，我知道你一个人扛下这么重的担子有多艰难。你妈妈怎么样了？我还是没有见到她。”

“她很好。”我说，“刚刚还在泡茶。”

“那就好。你们吃了什么？”

“意大利面。”

“噢，詹姆斯以前也很喜欢吃这个。说不定现在仍然很喜欢。学生都不见得有多擅长烹饪！她还给你做什么吃的，阿奇？”

“也没太多别的了。”我说，看到她露出一丝担忧的神情，我又补充道，“米饭、蔬菜，还有鱼之类的。”

我们静静地坐了一会儿，她说：“没关系，阿奇。我知道自从你爸爸离开后，她就一直在苦苦挣扎。她不怎么出门，是吗？”

“是的。”我叹了口气，喝了口果汁，然后脱口而出，“她痛苦了很长时间。”我感到自己的脸颊发烫，立即后悔不该说这些。

“我猜照顾她一定很难吧？”罗斯玛丽温柔地说。

“算是吧，现在已经习以为常了。她说我比大多数11岁的孩子更擅长做饭和打扫卫生，所以我想这也是件好事吧。”

“那是当然的，你所拥有的技能其他孩子都还摸不着头脑呢，但你知道你没必要一个人做完这些事吧？”

“可是，爸爸懒得去管……而妈妈不想让朋友们知道。”

罗斯玛丽摇摇头：“我不是这个意思，亲爱的。有人可以上门帮忙采购什么的，确保你能过得好。”

“有吗？！”我难以置信地说。

她点点头：“如果你要照顾你的妈妈，那么你就是所谓的青年护理者。外面有一些组织会设法支持像你这样的青年护理者。”

“我不指望妈妈会同意让别人来帮忙。”我突然感到自己不该在这里，不该说这些话。我想起了门票的事。“我可以使用打印机吗？”

她点点头：“当然可以，亲爱的。”

正当我带着打印件准备离开时，她说：“我知道向人求助的话总是那么难以启齿，但如果你不想告诉别人，你可以随时来这里吃点儿小饼干，聊一聊。兰斯洛特爵士似乎很喜欢你的拥抱。”

“谢谢你，罗斯玛丽。”我说。

看到自己把真相告诉别人之后，并没有什么坏事发生，我感到开心极了，心里的石头也落了地。当她知道妈妈卧床不起后，她并没有大惊小怪，也没有打电话报警，或说妈妈不称职，她只是聆听着。

也许把真实情况告诉别人也未必是件坏事。

我拿着门票回到冷冰冰的厨房，找到一张纸来写便条。

亲爱的妈妈：

很抱歉朝你大声嚷嚷。

我给你准备了一张锦标赛的门票，以防你改变心意。

祝我好运吧！！

爱你的阿奇

由于第二天我会在她起床前早早出门，所以我偷偷溜进去，迅速把便条放在她床边。我抬头仰望天花板，拼命强迫自己别去许愿。

别再许愿了，阿奇·克拉姆，现在只需要充满希望，希望和行动，我心想。我忽然记起妈妈的手机，于是去把它拿回到她的房间。但中途我停了下来，悄悄地在楼梯口坐下。

我点击搜索网站，输入“青年护理者”。

第二十三章

保持积极，保持稳定，保持强大。

——卢卡斯·贝利

保持清醒，坐直身板，不要放屁。

——阿奇·克拉姆

闹铃声把我从睡梦中惊醒，我一下从床上坐直了身子。

“就是今天了，卢卡斯！”我对摆在闹钟旁的贴纸说，“我要见到你真人啦！”我从床上一蹦而起，抓起我的运动套装和冒斯的旧球鞋冲下楼。我把袋子里最后的玉米片倒出来，在牛奶流到碗底前就把它吃了个精光，接着就出门了。

“再见了，妈妈！”我呼喊道，我知道她不会听到，于是悄声说，“来看我踢球吧，求求你了。”

空气凉飕飕的，我能看到呼出的气体飘在眼前。斯卡奇管它叫“龙的气息”。我非常想念斯卡奇，也许她长高了，也许她对我不再出现浑然不觉。我摇摇头，努力忽略这些消极的情绪。今天只许自己想一些积极的事儿。

我朝场地走去，忽然听到背后传来脚步声，随后是："咕咕！"

我转过身，看到冒斯从山坡上全速朝我跑下来。

"你在做什么？"我问，"我还以为你今天要去看房子呢。"

"是要去。"冒斯气喘吁吁地说，"但我想来跟你说一声祝你好运！"她一把拽我过去，给了我一个大大的拥抱，"要是我能赶回来，赛后我们在场地上碰头吧——一言为定？"

"一言为定。也祝你看房子好运。"在她跑回山上时，我在她后面大喊道。

待我找到我们在外面的集合点时，我已经兴奋难耐了。一想到要亲眼见到卢卡斯·贝利和贴纸上的众多面孔，我就忍不住浑身颤抖，跳来跳去。但一想到要真正上场去救球了，我又感到一阵恶心。于是我把注意力集中在卢卡斯上。

其他学校的教练们也带着球队纷纷抵达，排起了队。有些球队里的孩子长得人高马大，看上去就像一群巨人，而不是11岁的孩子。

"希望我们不用跟他们比赛。"丹·多尔悄悄指着他们说。那支队伍穿着白绿相间的条纹球服，看上去十分吓人，仿佛他们刚从拳击场走出来一样。他们壮硕的身躯上布满了伤疤和瘀青。

“是啊，我也这么想！”我紧张地笑了笑。每个人看上去都和我一样兴奋，我真切地感受到自己成了球队的一员。当我们走进体育馆时，另一个阿奇·克拉姆甚至用胳膊搂着我的肩膀说：“为你的做法致以崇高的敬意，阿奇。作为替补上场太不容易了。”

“谢谢你，阿奇。”我说，“你也是。”

组织者将我们所有人召集到球场上，我仍然有一种不真实的感觉。宽敞巨大的体育馆，一排又一排的空座位，在几个小时后，这里将会人声鼎沸，遍地横幅。一眼望去，我几乎感到头晕目眩。就算妈妈没来现场，我也不会注意到。在这人山人海中找到一个人比登天还难。

一个戴着帽子，腰带上挂着一大串钥匙的人拍了拍麦克风，扬声器里发出啪啪的响声，我们都安静下来。

“欢迎参加锦标赛，伙计们。”这一下掀起了大家的兴奋之情和窃窃私语，“布告牌上有一份比赛名单。每支球队将进行8场10分钟的比赛，直到我们选出四分之一决赛的选手。午餐后，我们将进入半决赛，并在当天结束时选出两支参加总决赛的球队。这场比赛将邀请到山谷队来观看，当然，也包括了这次锦标赛的组织者卢卡斯·贝利。”说到这儿，孩子们开始欢呼雀跃。

“我们还会邀请山谷队进行技能展示，这也是我本人十分期待的环节。在向公众开放之前，你们将有一小时进行热身和熟悉场地。祝大家好运。”

馆内有一片区域是专门为我们球队准备的。那里挂着一面旗子，上面印着四叶草的校徽，即使迷路了我们也能找得到方向。我、丹和另一个阿奇去上厕所。一路上我们经过了许多打开百叶窗的食品店，经过了用对讲机说话的安保人员。我从没来过像这样的地方——如此声势浩大，就像电影或未来世界的场景一样。丹从我脸上的表情就能看出，这是我第一次这么大开眼界。

“真是太酷了，不是吗？”他说，我点点头，“你有看过他们的比赛吗？”

“只在电视上看过。”我说，“你呢？”

“我在现场看过，我爸爸有季票，所以我经常来看。我不像他那么兴致勃勃，我更喜欢去踢球，而不是看球。但妈妈说这让他很开心，所以我就一直陪他来看。”

“这样。”我哈哈一笑，仿佛听明白了他的话似的。我无法想象有个愿意花时间陪伴你的爸爸是什么感受。回想小时候，我曾坐在爸爸的腿上，和他一起看世界杯。当英格兰队进球时，他就把我抛向空中。如今我将在全国最大的足球场之一进行比赛，而他甚至都不知道我在这里。

上完厕所后，我们往回走到四叶草旗下，热身环节开始了。球场被一分为三，以便同时进行多场比赛。费尔先生把我们领到热身的地方，让我们做一些伸展运动，然后和我们进行了几项快速热身活动，他喊“一”，我们就起跳，他喊

“二”，我们就触地。

接着他把球扔给杰登·托马斯，命令我们排好队准备射门。我的心顿时一沉。我一直忽略了这个现实，还指望着我能够侥幸逃脱，不用在大家面前展示我糟糕的守门技术。每个球都与我擦身而过，我的脸也涨得越来越红。我看了看费尔先生，他的脸上悄悄浮现出一丝恐慌的神情。好在一声响亮的口哨解救了我，腰上挂着一串钥匙的人再次拍了拍麦克风。

“打开大门！”他宣布道。

在随后的20分钟里，成千上万的观众蜂拥而至，座位上渐渐堆满了外套和包，空气中慢慢充满谈话声和嘈杂声。时间一到，比赛开始了。

第二十四章

在通往顶峰的路上，你总会路过失望。

——卢卡斯·贝利

在通往学校的路上，我总会经过合作社。

——阿奇·克拉姆

在费尔先生的球队训话结束后，我们各就各位，准备开始第一场比赛。哨声响起。另一个阿奇在防守，他离我非常近，就好像他是第二个守门员一样。我猜在热身结束后，费尔先生意识到选我当替补就是个错误，于是让他来替我打掩护。这十分钟我们踢得有惊无险，结束后我们开始庆祝。虽然我一次也没碰到球，但能与每个人拥抱和击掌，感觉也还不错。没人提到另一个阿奇仿佛是个只能用脚的守门员，而我只管站在他身旁，扯着嗓子向大家喊一些鼓舞人心的话。

“我们一定能行的，伙计们！”

“好样的！漂亮！”

“出色的传球，出色的团队。”

“相信彼此，就像相信自己一样！”

我绝对是球场上嗓门最大的球员，就连其他队的人都开始叫我闭嘴，但我喊得更大声了。三场比赛下来，我们掌握好了节奏。我负责大喊大叫，另一个阿奇负责救球，而杰登和丹则踢进几个精彩绝伦的球。另一个阿奇甚至让我开了几个门球，当我把球踢过中线时，他还拍了拍我的背。每隔几秒钟观众席就爆发出一阵欢呼声，尽管并不都是为我们发出的，但假装一下也无妨。我环顾四周，看着所有的球队和座无虚席的球场，暗自露出了微笑。能成为团队的一分子，能被这么多传递快乐的人包围着，这种感觉太美好了。呼声仿佛穿透我的身体，使我的脑袋嗡嗡作响。

在比赛间隙，我一直向人群中张望，寻找着她的身影。丹和阿奇正在给他们的父母打电话，试图在茫茫人海中找到不停挥手的他们，以及他们的横幅和红色围巾。在终于找到之后，他们挥舞着手臂又蹦又跳。

在离我们最近的球场上，可怕的绿白相间的队伍正在横冲直撞。我知道他们的瘀伤是怎么来的了。他们是如此野蛮暴力，用肩膀把孩子们撞开，再把他们铲倒在地上。就算连连收到黄牌警告他们也不以为然。我真希望我们不用和他们比赛。

丹·多尔进了很多个球，而杰登·托马斯也踢得相当漂亮，另一个阿奇甚至在我们以2比0获胜一场的情况下，从我们的球门前把球截下，并往上角射进了惊人的一球。费尔先生在场边跳上跳下，大喊道："太棒了，小伙子们，太棒了！"我们开始觉得或许真的有望进入决赛了。我们轻松通过小组赛，进入了四分之一决赛。现在到了最紧要的关头，如果输一场比赛，我们就出局了。

四分之一决赛踢得很艰难。球场更大，比赛时间更长，观众对我们的关注更多。我们能感到压力在节节攀升。丹和杰登在前场的表现十分出色，而我和阿奇在球门边苦苦挣扎，在惊心动魄的20分钟后，我们勉强进入了半决赛。半决赛将在午餐后开始，届时我们将成为全场观众的焦点。我忘了带午餐，丹·多尔给了我一根香蕉，另一个阿奇给了我一块饼干。就在这时。

"他来了！"

人们接二连三地转过头，看到卢卡斯·贝利正跑向球场，身后跟着球队的其他成员。他们都向观众们挥手致意，与一些孩子一一击掌。我们放下手中的食物站起来，使劲挤到前面。他们绕场一圈后，朝我们走来。周围的人似乎变得更高了，他们踮起脚尖，设法让身躯变得更庞大，更引人注目。卢卡斯·贝利走到我们面前，朝我们上方疯狂欢呼的人群挥手。而就在我认为他要经过我伸得老长的手掌时，他低下头来，直直地盯着我的眼睛，然后冲我眨了眨眼，就好像认出了我一样。

我想，也许那天晚上真的是他。我把他的贴纸从口袋里掏出来。

“今天我将为你而战，无须任何愿望的加持。我将尽我所能成为最棒的守门员。”

我们扫了眼布告牌，看看我们的对手是谁。好巧不巧，可能是卑鄙绿队（这是我对他们的称号），他们正在进行另一场半决赛。如果我们赢了，他们也赢了，我们将在决赛中与他们交锋。但此时我不想思考这个问题，我只需要专注于下一场比赛，卢卡斯·贝利将会亲临现场观看。

开场还算顺利。我们继续按照早上的踢法，另一个阿奇和我一起守住球门，其他队友则发起猛烈进攻。双方都未能设法进球，半场结束后，比分仍是0比0。

但局势开始急转直下。我看到卢卡斯·贝利在电视摄像机的包围下来到场边，他穿着全套球服跳来跳去，仿佛就要和我们一起上场了。我的视线无法从他身上挪开。我们半决赛的对手实力非凡。一个高个子的女孩晃着马尾辫朝罚球区走来，我做好准备去救球。这时我听到卢卡斯大喊了一声：“加油！”我不知道他在对谁说——我还是那个女孩。我望向他的脸，另一个阿奇大叫道：“阿奇！”就在我背对着球场，转身去看他时，那个女孩猛地起脚怒射，球正打到我的后脑勺上，然后弹进了网里。不知道你有没有被足球狠狠砸过头，那种感觉就像把脑子都撞飞了。队友们不禁抱着头直哼哼，大多数观众要么在嘲笑我和我那晕头转向的表情，要么在为另一支球队欢呼。另一个阿奇走过来，揉了揉我的头发。

“对不起，伙计，我不该朝你大声嚷嚷的，我只是怕你没看到球来了。”

“没关系，我确实没看到。”我感到对不起自己，更对不起队友们。我们现在以0比1在半决赛中落后于对方，而比赛只剩下5分钟了。

比赛重新开始。丹·多尔和杰登迅速从中心点把球踢走，朝着对方球门进攻。他们看上去相当游刃有余，有些人就是这样，不是吗？压力越大，实力越强。而不像我，在压力下一触即垮。我真该叫作阿奇·垮拉姆。他们轻松进了一球，互相击掌，然后向观众扬起手臂，示意呼声更高一点儿。

1分钟后，他们又互相传着球，回到对方守门员面前。

“你们一定能做到的！”我大喊道，“你们俩都棒极了！”丹做了个假动作，让杰登把球踢进了左下角。在目前的半决赛中我们暂时领先，比赛只剩下30秒了。所有人似乎忘记了我的丢球，我看向卢卡斯，他正在搓着双手微笑。

当裁判员把球放在中心点时，我知道一决高下的时刻来临了，他们将拼尽全力争取进球。我把注意力集中在球上。马尾辫女孩立即得到一个传球，并运球直奔向我。我确认阿奇仍在我身边，然后努力压下心中升起的恐慌。还剩几秒钟的时候，她带球越过基特，对准球猛地一踢，球飞到高高的空中，从另一个阿奇的头上掠过。他意识到球正冲向他身后的网，于是举起手臂，球从他伸出的手指上弹起来，跃过了球门横杆。知道自己闯祸后，他在落地时紧紧闭上了双眼。哨声响起，我的心凉了半截——手球。

点球。

我是绝不可能扑出一个点球的，而全世界，包括卢卡斯·贝利在内的所有观众都将目睹这一幕。

裁判把球放在罚球点上，再次吹响哨子。马尾辫女孩看着我，露出微笑，仿佛我根本没有任何机会救这一球了。

也许机会还是有的——尽管只有一丝，但终究还是有胜算。如果说过去的几周让我明白了一个道理，那就是一切皆有可能，不管机会有多么渺茫。我拍了拍手套，想象着自己救球的画面，也许我也能做到的。诚然，我不是世界上最优秀的足球运动员，但不代表我不能扑出一个点球。我在冒斯家的后花园练了无数遍了，这只是运气问题，只要选对了跳的方向，兴许就能成功。

她跑向球，我看到她瞟了一眼左上角，于是我往那边起跳。我腾空高飞，竭尽全力伸长双臂，闭上眼睛。我感到球击中了我的手套，砰的一声，我重重落回到地面，所有人都压在我身上。我做到了，我真的做到了。观众们欢呼雀跃，裁判吹响了哨声，试图维持秩序，以便让我们踢完最后几秒钟的比赛。

当终场哨声响起时，全场爆发出排山倒海的欢呼声，电视摄像机蜂拥至场边。我们进入总决赛了！我们成功了！我成功了！没有魔法，没有愿望，只凭我自己——阿奇·克拉姆。

我们回到球队休息区。我拿起水杯喝水，突然背后传来一个声音。

“阿奇！阿奇！阿奇！阿奇!!! ”这声音如此熟悉，我抬起头，扫视着人群，试图捕捉那微弱的呼唤声，终于我看到了她。

“阿奇！阿奇！阿奇秃!! ”

斯卡奇正在疯狂挥舞着手臂，她手里拿着一张纸，上面写着：“我们爱你，阿奇秃。”在她身旁的是我爸爸，他微笑着朝我挥了挥手。我也挥手回应，同时寻找着妈妈是否在场。

他们是怎么知道的？他们看到我是如此高兴，我已然忘记了对爸爸的愤怒，只感到喜出望外，有人为我而来，有人在乎我。正当我整理思绪时，另一个声音把我从困惑中惊醒。

“咕咕。”

信号声！

“不赖嘛，阿奇！”我转过身去，冒斯冲着我咧嘴大笑，“我仍然觉得我也该成为球队的一员，但你的水平也不算太差，克拉姆。”

“你赶来了！”我说着，把她拽过来给她一个大大的拥抱，“怎么回事？”

“第二家看房取消了。我一直在电视上观看比赛，看到你们进入半决赛后，我几乎马不停蹄地跑了过来。费尔先生在上厕所的路上看到我，说我可以来这里观看！他还说他很抱歉，没有给我一个机会进入球队。克劳瑟小姐给他看了我的演讲！你见到卢卡斯了吗？”

“是的，他向我眨了眨眼。”

费尔先生召集我们归队。我回去的时候，冒斯在我身后大喊祝我好运。

“好了，小伙子们，我想，把最后一次球队训话交给此刻的英雄阿奇再合适不过了。你有什么要对大家说的，阿奇？”

我看了一眼正在你推我搡的卑鄙绿队，试着回想起贴纸上的名言，但哪句都不太贴切，于是我开始说道。

“那帮家伙粗暴蛮横，甚至可能会伤害我们。”大家脸上浮现出担忧的神情，于是我接着说，“如果他们把你撞倒了，就咬牙站起来，让他们知道你是不会被他们打倒的。无论有多困难，我们都会变得更加强大。这就是我们本场比赛的成功之道——绝不放弃。”大家都把彼此揽入怀中，拍拍彼此的背。费尔先生也拍了拍我的背，球队训话到此结束。

“阿奇，我自己也说不出比这更励志的话了。我们还有半个小时的时间来喝水和观看山谷队展示球技，接着就是总决赛了。尽情享受吧，这是你们应得的。”

卢卡斯和他的队员们在摄像机的簇拥下走上球场，一大堆足球被扔到了球场上。他们排好队形，开始用脚颠球，哨声一响，他们就把球传给下一个队员。他们的控球方式如同舞蹈般轻盈——仿佛球长在他们脚上，不可能落到地上。观众们开始疯狂尖叫。卢卡斯和队员们排成一行，分别向球门射门，然后展示彩虹过人和倒钩球。他们互相大笑着，每一次射门动作都变得更复杂巧妙。有些球进了，有些则高高越过球网，但他们似乎并不在意，只是尽情享受其中的乐趣，而观众们也看得津津有味。表演结束后，有人拿着个麦克风跑过来，把它递给卢卡斯。

“你好，山谷体育馆！”他呼喊道，一阵欢声雷动，“非常感谢你们今天的到来。这是辉煌的一天，我们为全国各地的儿童筹集了大量的资金，这些孩子们没有钱参加体育活动，甚至没有钱购买食物。通过今日的欢聚一堂，我们都贡献出了自己的力量。”又一阵欢声如雷，“我在这条路上长大，对我来说，生活时而充满了艰辛。但你们知道吗？我挺过来了，我现在已经完全没事了！”现场响起了欢呼声和口哨声。我站起来，用力地鼓掌，把手都拍疼了。“我得到了人们的关照，帮我渡过难关，所以我想让其他孩子也能得到帮助，因为在你最艰难的时候，哪怕只是一件小事也会给你带来巨大的变化。我们必须互相照顾，在需要的时候寻求帮助，给予彼此希望。因为只要心中有希望，你就能克服一切困难。祝两支球队在决赛中好运。尽兴享受吧！”欢呼声响彻云霄。看着卢卡斯离开球场，我感到这番话似乎是为我而说，其他观众仿佛并不在现场。

我想起他给我生活带来多么翻天覆地的变化。我从自行车摔下来那晚，他究竟是真实存在的，还是我大脑幻想的，已经不再重要了。他改变了我，让我觉得我能让愿望成真——哪怕是那些不可能的事。我希望有一天也能这么帮助别人，成为一个能照顾他人，传播希望的人，即使再困难也要鼓励人们勇往直前。显然，我无法像卢卡斯那样，作为一名足球运动员去这么做，但或许还有其他方式。这是我人生中第一次知道自己想要的是什么，知道自己想成为什么样的人，这种感觉太棒了。

不过首先，我自己也要勇往直前，先从与卑鄙绿队在山谷体育馆的决赛开始。

第二十五章

我挺过来了，我现在已经完全没事了！

——卢卡斯·贝利

我没挺过来，我现在已经拉裤裆上了！

——阿奇·克拉姆

凑近了看，卑鄙绿队更加可怕了。他们都又高又大，甚至比另一个阿奇还要强壮。我们队出师不利，一个戴着头巾的大个子男孩用肩膀把丹撞倒在地。我看到丹试图装出没事的样子，但显然伤得不轻。

“不要让他们影响你，丹。”我大声说。他给了我一个勇敢的微笑。

半场结束时，比分仍是0比0，大多数队友都被推撞过，他们感到又累又痛。就连观众也似乎疲惫不堪，不再发出过大的声音。卑鄙绿队竟能如此大挫所有人的士气，真是令人诧异。

“别让他们影响到你们，孩子们。”费尔先生对我们说，“这正是他们的目的。不要气馁，只要进一个球我们就赢了，只要一球。”

在下半场比赛里，我听到冒斯在欢呼呐喊，拼命地为我们加油鼓劲。她太渴望球队赢了，她比任何人都配得上这场胜利。可她只能在这里为我们加油，而不能亲自上场比赛。

我继而意识到：我可以让她的愿望成真。

就在我萌生这个想法时，我看到丹·多尔跳起来想顶一个头球，没想到一头撞向卑鄙绿队中体形最大球员的大脑袋。我当下就觉得情况不妙。哨声响起，裁判举起黄牌，而丹在球场上痛得满地打滚。我试图引起费尔先生的注意，可他忙着冲裁判大喊大叫，打手势要求急救。丹双手捂着头离开了球场，并拿到了一个冰袋。布兰登等待着，直到裁判吹响口哨让他上场，比赛继续进行。但这都是徒劳，每个人都筋疲力尽，已经毫无得分的可能了。布兰登更像是一个后卫，而我们已经失去了进球最多的球员。当终场哨声响起时，比分仍然是0比0，我知道是时候了。

我跑出球场，径直去找费尔先生。在听完我的计划后，他去找裁判员。我看到裁判摇了摇头，但最终他们微笑着握了握手。他回到我们的休息区小声对我说：“到我们上场了！回到球门前进行加时赛吧，我去拿备用装备。你是个很棒的队员，阿奇，也是个很棒的朋友。”

加时赛似乎进入了胶着状态，双方无人有任何进球的苗头，我们都知道最终将会走向点球。最后一分钟，在杰登掷界外球之前，裁判打手势示意换人。

全副武装站在场边，脸上挂着灿烂笑容的是冒斯，她已经做好了准备踢出山谷体育馆有史以来最漂亮的点球。我摘下守门员手套，递给另一个阿奇。

“祝你好运，阿奇。现在你可以用你的手和脚去扑球了！”我跑出球场，经过冒斯时她大喊道：“谢谢你，阿奇，你是最棒的。”

点球开始。不知怎的，卑鄙绿队忽然显得更渺小了，现在他们不能把我们撞来撞去，而是全凭射门能力了。胜利的天平显然倾向了我们，我们都能感觉到，脑海中的画面也无比清晰。

卑鄙绿队先踢，阿奇没有扑中，球进了。随后杰登把球射进上角，两队比分齐平。阿奇扑中了下一个球，但基特没有踢进。观众席上的呐喊声和欢呼声震耳欲聋，就好像我们是进行加时赛的山谷队一样。在第5个点球时，双方仍然不分高下。阿奇飞身越过球门，扑出了精彩的一球，现在就看冒斯了。如果她能进球，我们就赢得了这场锦标赛。我回想起她所踢过的所有点球，相信她一定能做到的。我从她的双眸中看出她的紧张，但我知道在她内心深处是对自己坚定的信任。她做了一个简单动作，被蒙骗的守门员往左一跳，她迅速把球射入了右下角。

我飞奔到球场上，另一个阿奇把我高高举起，我们都大笑着滚到地上。冒斯冲过来，给了我一个大大的拥抱，我们望着欢呼喝彩的人群，在一片幸福的声浪中挥舞手臂。

到了颁奖时刻，我们都排着队，逐一和卢卡斯握手，让他把奖牌挂到我们脖子上。我排在队伍后面，兴奋得浑身发烫。冒斯抬起头迎接她的奖牌，其他人都站在奖杯周围，把它举向空中。我环顾四周，感到这一刻太完美了。这种感觉我连想都不敢想，更别说去许愿了。

当卢卡斯把奖牌戴在我的脖子上时，我抬起头来，对他露出微笑。

"谢谢你。"我说。

"你在赛场上的表现真令人惊叹，我为你感到骄傲。我敢说你不会有更多的心愿了吧？"他朝我眨了眨眼，发出了温暖的大笑。

第二十六章

我挺过来了，我现在已经完全没事了！

——卢卡斯·贝利

我也挺过来了，我现在也已经完全没事啦！

——阿奇·克拉姆

我和冒斯走出球场来到停车场，看到斯卡奇举着她的横幅向我们挥手。他们身后停着一辆冰激凌车——我的冰激凌车！走近一看，发现马丁正往窗外眺望，他笑眯眯地招呼我。

“阿奇！准备好再吃一个冰激凌了吗？”

“我想我可以试一试。”我笑着回答道。

斯卡奇张开双臂向我跑来：“你赢了，阿奇秃！你真是太了不起啦。这简直是我这辈子最棒的一天！”

“嘿，谢谢你，斯卡奇。”我说着，把她举到空中转圈圈。爸爸尴尬地站在那里看着。

马丁给了我们每人一份撒满糖霜的双球冰激凌，并拒绝了爸爸的付款。

“你儿子是我的特殊顾客，他这辈子都可以免费吃冰激凌！”

“阿奇宝宝怎么样了？”我问。

“这个小家伙根本不睡觉！我不得不在冰激凌车上打盹，就像你一样，阿奇！”

当我们离开冰激凌车时，爸爸看着我说：“这究竟是怎么回事?！”

“说来话长！”我说着，冲冒斯眨眨眼。

我一边舔着冰激凌，一边四处寻找妈妈的身影，但哪儿都看不到她。爸爸看上去相当局促不安，显然不知道接下来该说些什么。斯卡奇解救了他。

“你是谁呀？”她问冒斯，兴奋了一天之后，她的眼睛睁得圆溜溜的，脸上还沾满了冰激凌。

“这是我的朋友冒斯。”

“好酷的名字！”

我看着爸爸，向他投去尴尬的微笑。他揉了揉斯卡奇的头发说：“斯佳丽，要不你去给冒斯看看你是怎样吊挂在栏杆上的，好吗？我想和阿奇聊一会儿。”

“走吧，冒斯！”斯卡奇说，她把冒斯领到栏杆边，一路上叽叽喳喳说个不停，“冒斯是你的真名吗？我真想被叫作独角兽火花三世。”

在她们走远后，爸爸说：“比赛太精彩了，儿子，我很高兴能来观看。”

“你们怎么知道的？”我问。

“我们今天早上去家里找你了，我们已经很久没见到你了，自从……总之，是你妈妈告诉我们的。”

“所以她没有来？”我突然感到体内一整天的兴奋劲都烟消云散了。尽管没在观众席上看到她，但在我心底还残留着一线希望。我真笨，她又怎么会好起来呢？

“她觉得自己还不行，阿奇。听着，伙计，我们之所以会来，是因为我们想见你。斯卡奇很想念你，我也是。我思考了很长时间，哥们儿，我只想跟你说一句对不起，我真该做得好一些。”

“那你为什么没有呢？”我问，听起来比我想得要严厉。

他用手揉了揉脸：“说实话，阿奇，我也不知道。我不知道你想要的是什么。每次看到你，都让我想起自己曾经是多么一无是处。我宁愿像鸵鸟般把头埋进沙子里，这样更容易一些，但却是错误的。”他深吸了一口气，接着说：“对不起，阿奇，真的很对不起。如果你同意的话，再给我一次机会吧。”

“我不想再回到过去那样了。你不能取消和‘重新安排’我每次的来访，这不公平。”我说。

“明白了。我想从现在开始好好地面对你。我想照顾你，你是我的孩子，阿奇。”

我回想起卢卡斯的演讲，其中提到的寻求帮助的问题，然后我一股脑儿地说了出来。

“好吧，我需要几条合身的裤子上学。”我低声咕哝道。

“没问题。”

“我想再和你一起在电视上看足球比赛。”

他绽开笑容，我继续说：“噢，如果你有多余的笔记本电脑，那我网购食物和做作业就轻松多啦。”

各种念头纷纷倾倒出我的脑海，全是我心心念念但从未索求过的东西。

“我想要我在你们家的房间布置得跟我的一样；我想要和斯卡奇见面，成为她的哥哥；我想要你们邀请我参加各种活动，就像一家人一样。”

“阿奇——”

“我还没说完。”我说，“我想要你时不时提醒我要洗头，给我打包好吃的，然后送我回家；我想要你接收学校关于运动会和旅行的信息，并回复它们。”我深吸一口气，感到下巴在微微颤动，但仍继续说，“我想要每个周末都去你们家，而不是每隔一周，因为冒斯要搬家，我已经无处可去了，而且自从你离开之后，我在家陪妈妈的日子十分难熬。我是爱她的，但她总是那么伤心欲绝，身体状况也欠佳，我无法让她好起来，所以我想要你多照顾我一点儿，因为她现在顾及不了我。”

我抬起头，看到爸爸脸上淌着泪水。他点点头，抽了抽鼻子，把我紧紧搂入怀里。

“说完了吗？”他在我的发间问道。

“暂时吧。”我嘟哝道。

“我很抱歉，阿奇。你一直都在负责买吃的吗？一直都在照顾自己？你为什么不告诉我？我真的很抱歉。当然，你说的这些我都会做到的。”

泪水顺着我的脸颊悄然滚落，但这一次的泪水和上次爸爸让我流出的不同，这次的更像是如释重负般的泪水，因为我终于明白了——也终于开口索求了——我真正想要的东西，那些能真正改变我生活的东西。忘掉贴纸和冰激凌车吧，这些才是我内心深处最强烈的愿望，而我甚至都不曾发觉。

斯卡奇和冒斯开始往回走，我们赶紧擦干泪花，爸爸说：“哦，对了，朱莉给你准备了一样东西。我不知道是什么，她不让我看。”他把一个包装精致的方形盒子放进我的手里，然后对斯卡奇说：“斯佳丽，也许我该叫你斯卡奇，我们该走了，阿奇周六早上还会来看你的！”

“太好了!！”斯卡奇欢呼着，用她的小胳膊搂住我。

在跟斯卡奇和爸爸挥手告别后，我和冒斯往家的方向走去。

“你太厉害了，冒斯，多么不可思议的一记点球啊！”

“是不是很完美？根本就不给他机会！”她说着，再次表演了射门的情景，挥舞双臂庆祝。

我们沉默不语地走了一会儿，彼此都在脑海里重温着这一天，脸上洋溢着微笑，时不时伸手摸一下挂在我们脖子上的奖牌。当走到我家的街道时，冒斯停下来，转向我。

“今天本不想告诉你的，我们早上看的房子让我们一见倾心，妈妈和爸爸都很满意。下午他们开了个价，马上就被接受了——这就是我们没去看其他房子的真正原因。”

我们停下脚步，我盯着地面，感到眼睛一阵刺痛。我抿紧了嘴唇。

“那么就这样了？”我小声说。

“算是吧。”她说，“不过也有好消息。天大的好消息。”

“是什么？”我勉强把话挤出来。

“好的一点是，房子并没有我们想得那么远，因为爸爸大多数时候都要开车去上班，他说我可以在山谷小学读完六年级！”

我花了好一会儿才能消化她说的话。

“所以说你不会转学了?！”

“没错！”

“所以说我还能每天看到你了?！”

话音刚落，我的眼泪就夺眶而出，我任由它肆意流淌。我不再担心自己会变成妈妈那样，也不再害怕它会泛滥不止。这是充满了解脱和幸福的泪水，我不需要把它硬压下去，或掐痛自己把它憋回去。

“我每天放学后都得打发一些时间，等爸爸下班。但这不成问题，不是吗？我们还有我们的公交车站和墙！”

“我要告诉妈妈，你每天放学后都会到我们家来。”我感到自信心在一点点增长，在向爸爸提出我的需求后，我意识到或许也可以向妈妈这么做，“这也是我的房子，而且这么久以来你和你妈妈对我照顾有加，现在该轮到我们关照一下你了。”

“听起来不错。”她说，然后悄悄补充道，“我还挺想念去你家的日子。”

“我也是。”我说。

我抹了抹眼睛，呼吸不再错乱。我们接着往前走。

“我们会上不同的中学，但现在我们不需要担心这么远，不是吗？”

“是的，我觉得我们现在不需要担心任何事情。”我说。尽管冒斯还是要搬走，一切都没有发生实际性的变化，但我的感受不同了。我感到更轻松了。但面对着我家的房子，一想到要踏进屋内，我心里还是感到沉甸甸的。显然，我仍有需要担心的事。可我不想进去，不想让这美梦成真的完美一天结束。

“这是给谁的礼物？”冒斯指着礼物问，我完全忘记了手中的礼物。我拆开完美的包装纸，盒子里面是一瓶漂亮的玻璃瓶喷雾，里面装着夏日微风。我把它举起来，吸了一口完美的香气。瓶颈上附了一张小纸条，上面写着：

让我们重新开始吧。

朱莉

前门打开了，妈妈穿着便袍站在那儿，脸上挂着灿烂的笑容。

“要进来吗？两位今天的英雄！”

“你看了吗？！”我问。

“当然看了，全程一点儿也没落下。我们都看得目不转睛，不是吗，女士们？”她把门敞开，我看到佐伊、罗斯玛丽和兰斯洛特爵士都坐在沙发上。

“这是怎么回事？”我小声问。

“今天忙得跟皮卡迪利广场①似的。先是你爸爸，然后是罗斯玛丽和佐伊来告诉我搬家的事，真把我累坏了。但你知道吗，亲爱的？这是我这么久以来过得最棒的一天。”

“我也是！”我咧嘴一笑。

“好了，快进来吧，你们两个。罗斯玛丽带来了一大堆饼干，足以把一艘船压沉了，我正在做奶酪意面当茶点。家里乱糟糟的，冒斯，这就是为什么我们很少邀请你来玩。不过，正如我刚才说的，也许我该开始多让人们进来了，而且不仅仅是进家里。”

我去帮妈妈做奶酪意面，冒斯则待在客厅吃饼干。

① 英国伦敦最受欢迎的购物中心之一。——编者注

在妈妈搅拌奶酪酱之际，我把盘子拿出来，感觉自己像待在一个不同的家里——过着不同的生活。妈妈仍然穿着她的便袍，房子仍然乱七八糟，但给我的感觉是那样不同。

“谢谢你做的意面，妈妈，我太喜欢了。”

她放下勺子，把酱汁从炉子上取下来，然后双手捏住我软绵绵的脸蛋，直视着我的眼睛。

“我打算就此改变一下自己，阿奇，你昨晚说的话……”

“我很抱歉对你大喊大叫。”我说。

“不，这正是我需要的，阿奇，我很抱歉。我已经很久不像今天这样和别人说话了。罗斯玛丽给了我几个电话号码，说可以打电话向他们寻求帮助。让你承担这么多，这不公平。对不起。”

这一声道歉并不会让我泪如泉涌或造成痛苦的回忆，它只是一个事实——一个真相。

“我也一直在改变自己，妈妈。我终于意识到我无法独自一人承受这一切，所以我打算开始寻求帮助。我看到了爸爸，并告诉他，他需要付出更多——才能成为一个更好的爸爸。”

“好样的，儿子。你是个聪明的孩子，这一点毋庸置疑。我很抱歉让你不得不迅速成长。我无法保证我很快就会好起来，但我可以保证的是，我会更加敞开心扉，接受人们的帮助。先从罗斯玛丽开始，她提出每周帮我们买东西！上天保佑她。这么一来你就可以少做一件事了。”

"只要她别忘了买意大利面！"我说。妈妈揉了揉我的头发。

"好了，我们开饭吧！"

我闻着奶酪意面的香味，听着罗斯玛丽、佐伊与冒斯和兰斯洛特爵士在一起玩耍的声音，再次感受到了家的氛围。

我暗自笑了笑，低声说："我甚至没有许下这样的愿望。"我准是不小心说得太大声了，因为妈妈转过身来说："谁说只有你会许愿？不然你以为我一直躺在床上干什么？"

"那你觉得你的愿望也实现了吗？"我问。

"我来告诉你我是怎么觉得的吧，阿奇。我觉得是时候停止许愿，而开始行动了。"

"在我看来就是实现了。我认为有时候你可以靠自己的努力去让愿望成真。"

"我想你说得对，阿奇——让我们一起期待吧。"

吃饱喝足后，我向冒斯展示了我那装满贴纸的房间，而妈妈则在楼下与罗斯玛丽和佐伊道别。冒斯环视着所有的贴纸，然后从床头柜上拿起了一张卢卡斯的。

"你觉得这是奇迹还是巧合？我再也找不着比这更神奇的事了。"

"我也是。"我说，"也许两者都有一点儿吧。或许在我的希望和许愿下，愿望实现的可能性更高了。"

“也许吧。”她耸了耸肩，接着说，“那要是愿望没实现呢？我一直对好些事情抱有希望，但却从未实现过。”

“比如说什么？”

“我常常希望自己能飞。”她说。

“唔，也许哪一天你就能了呢，只是它未必会以你所想象的方式实现。比方说，在我内心深处，我希望妈妈能来观看我的比赛——但她没来。虽然与我所希望的不符，但说不定实际发生的事反倒更好。或许我的愿望以一种意想不到的方式实现了，但是……”

“如果你不去许愿，它就不可能实现，不是吗？”我们不约而同地说，然后大笑起来。她用手抚摸着贴纸盒。

“你打算拿这些贴纸怎么办？”

“赚上个几百万！”我发出邪恶的笑声。

“你不是还剩下一个吗？”她问。

“什么？”

“一个愿望？”

“是啊。”我说。

“这么说来，今天所发生的一切，赢得比赛和射门成功，全都是真的了？”

“千真万确。”我说，我们都坐在那里，回忆着这一天的每一刻，意识到这一切是真真实实地发生了。

“所以……我想关键的问题是，那天晚上你真的见到卢卡斯·贝利了吗？”

“谁知道呢？”我说，“我已经想明白了，无论有没有见到都不重要。该发生的都发生了，不管是因为我开始相信魔法的存在，还是开始更加相信自己，总之这成就了更好的我。”

“怎么个更好法？”

“我现在有了希望。如果你没有任何希望，就很难做好一个人。没有希望，难以成事。没有希望，你就会像妈妈一样终日不起。”

“她现在起来了，不是吗？”

“是啊。我想这正传达了一个道理——情绪是可以传染的。就像悲伤可以传染一样，希望也可以传染。我有一阵子染上了妈妈的悲伤，所以我想既然现在已经有了希望，不如竭尽全力紧抓住它不放，怀着这份希望去找出我需要的是什么，然后采取相应的行动。如果我无法做出改变，那就去寻求帮助。”

“你可以随时向我和妈妈求助，你知道的，阿奇。她一直都很想帮忙，但就是不知道该怎么做好。这一点不会因为我们搬家而改变的。”

“谢谢你，冒斯，我会的。我很抱歉从来没有告诉你情况有多糟糕。”

“没关系，我也很抱歉不知道该如何开口询问。”

天色渐暗，冒斯起身正要离开，突然停了下来。

“噢，我差点儿忘了。虽然我不会再‘离开’你了，但我还是想给你这个。”她小心翼翼地打开包，弗朗普正坐在一个温暖舒适的口袋里，“它太小了，看不清太多东西，但它超级喜欢这场比赛，对不对，弗朗普？”说着，她把它抱出来递给我。

“想象一下它回答你的样子！”我笑着把弗朗普拥进怀里。

“我希望我能长大一点儿！”我模仿弗朗普尖尖的声音说道，看着它那双圆溜溜的小眼睛，我想象着体形巨大的弗朗普会是什么样，以及它会说什么，“我希望我和我所有啮齿动物伙伴们都变得巨大无比，就像沧龙一样——占领世界！！”我傻里傻气的声音惹得我俩哈哈大笑，而就在这一刻，突然一阵微风吹来，房间门砰的一声关上了。冒斯吓了一跳，发出了一声轻微的尖叫。

她看着我说：“噢，不，阿奇，你刚刚说了什么？”

“我只是猜弗朗普会希望自己变得巨大无比，然后……”我的声音渐渐变弱。我看了看弗朗普，它也看了看我，然后我看向冒斯。

“噢，不！”

致谢

她相信自己可以，所以她做到了。

——无名氏

她坐在书桌前痛哭流涕，被鸡毛蒜皮的事分散了她的注意力，还网购了一大堆毫无用处的东西，然而在几个月后，不知怎的就写完了一部作品。

——海伦·鲁特

感谢出色的劳伦和克洛伊，他们伴我于初步设想，并自始至终支持我。我很荣幸能拥有你们两个——强大的编辑和代理组合。

非常感谢珍妮、让和萨拉在编辑方面给予的帮助。

安德鲁和利亚姆，你们都相当才华横溢。我很喜欢这本书的艺术设计和令人惊喜的封面，因此十分感谢你们和所有参与其中的人。

哈莉特，谢谢你令人欢喜的邮件和令人兴奋的计划：你就是一个明星。

万分感谢学乐出版社和玛德琳·米尔本代理商的每个人。

苏、肯和朱尔斯——感谢你们阅读阿奇故事的初稿。

感谢罗布、莱尼和克莱奥，谢谢你们容忍我滔滔不绝的大声朗读。你们是如此热情洋溢，对我万般支持，哪怕在我都不知道自己在做什么的时候！我太爱你们了。

最后，感谢我的妈妈豆珍。你教会了我如何许愿，如何怀抱希望。我知道你的愿望并没有完全实现，但因为你，我学会了如何接近并抓住我的愿望。所以，谢谢你，爱你。